徐德金　著

宽阔的河流

海峡出版发行集团
海峡文艺出版社

图书在版编目(CIP)数据

宽阔的河流/徐德金著. －福州:海峡文艺出版社,
2019.9(2024.3重印)
ISBN 978-7-5550-1919-0

Ⅰ.①宽…　Ⅱ.①徐…　Ⅲ.①诗集－中国－当
代　Ⅳ.①I227

中国版本图书馆 CIP 数据核字(2019)第 125898 号

宽阔的河流

徐德金　著

出 版 人　林　滨
责任编辑　蓝铃松
编辑助理　张琳琳
出版发行　海峡文艺出版社
经　　销　福建新华发行(集团)有限责任公司
社　　址　福州市东水路 76 号 14 层
发 行 部　0591－87536797
印　　刷　三河市兴博印务有限公司
厂　　址　河北省廊坊市三河市杨庄镇大窝头村西
开　　本　889 毫米×1194 毫米　1/32
字　　数　170 千字
印　　张　8.25
版　　次　2019 年 9 月第 1 版
印　　次　2024 年 3 月第 2 次印刷
书　　号　ISBN 978-7-5550-1919-0
定　　价　48.00 元

如发现印装质量问题,请寄承印厂调换

在世界中行走，在诗意中栖息
——读徐德金的诗

◎袁勇麟

　　诗歌是感性的，诗人是感性的，而这感性又无比深刻，如同丰富多彩的世界一样，诗歌寄托着诗人无限的想象和憧憬。

　　读徐德金的诗，有一种强烈而深刻的印象，那就是他与外部世界的关系。作为生命个体的人与包罗万象的世界的关系构成徐德金诗作的坚固结构，或者说是两条平行的铁轨，通向他神秘的诗的意境。他的每一首诗最显著的特征，就是对眼前之物的表达，对世界本身的描述，众多事物以一种自然存在的形态构成世界的想象和意义。

　　如同风景画，或者山水诗，徐德金的诗作永远给人一种关于"风景"的审美指涉，"风景"在其诗作中呈现出丰富多彩的烂漫之姿。基于风景的建构或背景，从而更多呈现出诗歌本身所具有的内涵。因此，对于徐德金本人而言，外部的世界是至关重要的，是构成诗歌创作的广泛基础，某种意义上，诗歌创作的目的是在世界的表象中寻找自身合适的表达方式，所以我认为，徐德金的诗是在世界的外表寻找意义。

在对诗歌的理解和态度上，徐德金是个坚定而执着的诗人，他通过创作之笔不断发现风景，并将其编织成无限之意义。从诗歌的具体组合而言，风景的构成呈现出不同的特征。一是风景构成的风格化。那些来自大自然的景物单纯而美好，普遍带有大自然自由的原始气息，具体的、抽象的、神秘的，比比皆是。"我们像风一样，消失在华盛顿的白天，或者夜里；我们像话一样，消失在华盛顿的风中"（《像一句话消失在风中》），"今晚的梦／是一只大虫／是一只黑色的蜘蛛／挂在房梁上"（《一只大虫》），在诗歌中，诗人对世界的体验消融在事物本身的概念当中，这些概念串联成意义本身。二是风景与故事的双重性。徐德金的诗歌叙事同样具有鲜明的审美特征，尤其在诗歌内涵具有强烈的表现力时，这种叙事特征更加明显，这时候，事物的印象开始发生变化，颜色、属性、明暗等，如同诗人本身的情感波流一样——这些诗作也显示出诗人另外一面，即对现实的表达——呈现出另一种面相，如《异乡人》《西窗》《忽然秋天》中故事性的隐喻，即便诗歌整体上仍由单纯的意象构成，但意象的表象特征发生明显变化，不再单纯，变得沉重，从而在风景背后呈现出丰富复杂的隐喻。

某种意义上，徐德金的诗歌，尤其是他后期的诗作，在审美精神上体现出对古典诗歌的审美继承，如写景状物、借物喻人等手法，他在诗作中直接或间接地予以再运用。就像传统的诗歌一样，诗歌的意义层面依靠写景状物实现建构，而徐德金的诗歌实际上很完美地用现代诗的形式再现了这种风格，他将精力用在对外部世界的深刻理解之中。

读徐德金的诗，通过其诗歌的回忆功能隐现出两种立场，一种是静止的立场，一种是介入的立场，诗人在这两种立场中不停徘徊。如果将诗歌比喻成一匹马，有时诗人骑着这匹马漫步前行，以静观的姿态欣赏世界的风景，实现生命的诗意栖居；有时又会挥舞皮鞭策马前行，带有某种深沉或狂热。如《所有的田地都没有干涸》中"所有的田都在流泪／所有的泪都挂满油菜花的瓣上"，诗人那种对往事的回忆是充满深沉和狂热的，其中的意象充满张力和冲突，每一句诗、每一个意象，都在他所制定的诗歌牢笼里用力狂奔，带有某种叛逆和抵制，这时候的徐德金引起了我阅读的某种震惊甚至敬仰，让我感知到他内心热血的奔流，认识到他作为诗人的真正灵魂。如《清明时节》中这样写道："清明是必须落泪的日子／举起又放下，缅怀深深声声敲打／玄色的门为你洞开／世界的另一面仍是世界／我不知道／生命能经得起几番纠正／错了，就是永别"。这时候，诗歌的重量感就体现出来了，此时的诗人与诗歌精神融为一体，诗人作为创作主体的意识十分鲜明而强烈。因此，徐德金的前期诗作与后期诗作整体上表现出这样两种风格和立场，通过这两种风格和立场的过渡和比较，多少可以体会到其创作生涯的运动轨迹。

从创作的角度讲，徐德金的诗歌具有某种整体性特征，即风景化的意象运用，但在这整体性的有关诗歌意象的特征中，仍有明显的内部变化，这种变化事关创作行为的突围策略。前期的诗歌，诗人对意象的运用更加深思熟虑，更加重视意象本身在诗歌表现中的作用，不断挖掘意象本身的意义以及意象与意象之间的审美张力，在这样的创作思维驱动下，诗歌基于意象本身的作用而形成整体的审美力。在我看来，这时候的徐德金对诗歌的情感和态度是热烈而张扬的，是要用诗歌征服人类的内心和世界，用赞美的态度或批判的态度。随着创作经验的丰富以及创作生涯的发展，徐德金的诗歌开始发生潜移默化的变化。尽管他对意象的运用仍旧体现出对某种前期经验的继承，但意象在他诗歌中的地位和作用发生了某种置换，意象开始服从于诗歌的整体审美，而不再桀骜不驯，变得更加沉稳、冷静，甚至体现出静穆的诗歌境界。这时候，意象不再专注于表现自身，而专注于完好地呈现外部世界的风景和意义。事实上，这种创作思维或行动的变化对于诗人而言带有某种普遍性。我相信，徐德金本人也意识到了自身这种变化，他从尽情地表现世界到静观地呈现世界，某种意义上也说明，他对诗歌的理解更加透彻，如同他对世界的理解，对表象与内在的理解一样，他开始迷恋在世界外表寻求诗歌的审美与人类存在的意义。

　　诗歌创作同样呈现了徐德金本人的情感与思想流动的轨迹，可以隐约见到他从苦闷的体验逐步走向达观而平静的心态。同样，意象随着情感之流迸发出色彩异样的审美之光。在他前期的诗歌中，其诗歌意象的运用无论是从内涵还是意象本身都更加复杂，意象与诗人主体情感结合得更加密切，诗歌与诗人之间充满种种迫切需要协调的矛盾和张力。此时的诗歌即便带有现实色彩，底色却充满了年轻的浪漫主义，是诗人通过诗歌的途径征服世界，曾一度体现出雄劲、磅礴的气概。如《一只飞鸟失去天空》《天空》《突围》《阳光》等一类诗作，其中的意象运用、情感表达、表现手法十分复杂多样，体现出诗人杰出的诗歌才能，诗歌本身呈现出更加强烈的审美表现力。

以"旅行"为主题的一类诗，则体现出徐德金诗歌才能的另一面，在其诗作中，同样具有鲜明的代表性。这时候的创作生涯，无论是诗人内心的情感活动还是对诗歌表现方式的理解，无形中都发生了某种变化，他不再痴情于诗歌意象的锻造以及主体情感的表达，而更多的是作为一个观察者或哲学家，展开一系列对世界的、历史的、现实的思考，这时候他的情感场域变得更加广袤，审美的立场更加达观，跨越地理和文化的疆域，而足以将整个人类纳入其中。文字所搭建的诗歌世界中，以往那种诗人本身与外部世界关系再次发生某种变动，曾经的内在矛盾与冲突逐渐淡弱，而成为生命个体与世界的仰视或对话，其中更深层的乃是诗人对生命的深刻感悟。正如诗人在《阳光午后》写的那样："阳光是春天公开的秘密／午后是生命迟到的恋情"。

徐德金是我比较关注和十分看好的一位福建诗人，他对诗歌的态度和情感始终如一，自大学时代开始一直在诗坛耕耘不辍，今日终于收获累累。正如欣赏他的为人一样，品读徐德金的诗作，同样是一种艺术的享受和一场有关生命体验的审美之旅。诗歌寄托了他对世界的观察、深刻的思考、丰富的想象以及真挚的抒情。

2019 年 5 月 4 日于福州

（作者系福建师范大学文学院教授、博士生导师）

目录

第四辑　迷失的船

第一辑

无名渡

时间的刻度

你踩着不变的步伐
我是仓皇中的小鸟
你不能用我的白发证明你的存在
你怎么证明自己属于过去、现在或者未来

岁月有痕刻在每一个角落
有思考的态度　有纵情的模样
你把虚无留给自己
把悲伤留给世界

你说你已经漫长几千年
我如何肯定你翻过的每一个瞬间
你怎么走过我的身旁，就像猫
怎么依偎你的身旁

我用一个迟缓的动作丈量你的刻度
用一次短暂的夜晚、一句话、一个辗转反侧

2017 年 1 月 6 日

无 名 渡

一定有个朴实的名字，只是早已忘记
送你到无名渡口，我们就此别过

那天的船像从弹弓飞出，我在岸上徘徊若无

一支江水从上游来，来自你笛声残处
你在江南，比江北萧瑟，我在江北牧鹅

就此别过了，我们就从无名渡别过
我忘记你是谁，什么归宿，什么来路

2017 年 1 月 7 日

别　　梦

我装不了世界那么多纷扰
它们像倒伏在农田的水稻
等待一场台风收割
山洪、泥石流、滑坡后所有巨石的全部
以及穿针的线线穿过烽火连天

它们以蚕的姿势胡乱掘开春水
像一场欢腾的晚宴
出没于群山环抱
呕吐、歌唱；互相交叉、横七竖八
帆迎向浪浪涌向幸福的船舱

然后春梦覆盖它们
呻吟逐渐褪下

遗失了的时间
无法计算春宵一刻
有多重，在我别梦的一角
下一次，您突然到来的时间
是子夜抑或凌晨，都请提前说一声
我把所能做的梦把梦的所有时间都留给您

2017 年 2 月 6 日

穿过所有的手

我的手无力揽镜

无力抓一把

空气放在枕边

我的手穿过黑暗年代

穿过一头秀发

那已经不是

我的手

那爬满青藤的墙

在等一次岁月的流逝

茫茫九派穿过

从我的肩膀我的臂弯

我以鱼的姿势呼喊

从我的心肺

手无力，也记不起那年

上元节的温度

南后街以南

我看到举着的花灯

那手在风中舞动

在青石板上洒下一串笑声

我的手穿过所有的手了

有时我从他们的胯下穿过

我摸索着我的手

穿过窗外

走廊尽头

有无数的手臂啊

有掌声如盥洗室的水哗哗作响

而我却连一滴眼泪

都不能流淌

我的手，我的手

终于推开另一扇大门

白光覆盖了我的全身

我的身上长出一对奇异的翅膀

2017 年 2 月 18 日

扒开时间的裂缝

垂放到最低处，我的手
扒开时间的裂缝——

你所能见到的已不是我的容颜
我藏在悲伤背后不经意的回眸
成为生命的缺口都将全部流走

2017 年 2 月 18 日

在 那 边

在那边，我们需要做什么样的游戏

哪个动作，什么表情

才能辨识身份，来的路上

是否同舟，还是相伴

我们要把深深的记忆埋在

往昔的时光。往昔，我们何曾珍惜

读书歌唱，早晚问安

在那边，我们已不能用语言唤起记忆

我们平行于相互的移动

走来走去，点头致意

最多握手作揖

那边连文字都是多余

我们都在一起

房间容不下那么多复杂的长相

不能用时间计算苍老

只能用气息

证明彼此的存在

我们将过着纸片一样的生活

不是随风飘舞，而是从此不再燃烧

在那边，水的温度和火的温度

都在一个标准

我们是否需要用更多的动作表情

重启某种程序

让精神复活

而不是聚在一起

做简单的游戏，把砖头搬开

在那边，没有爱情的话题

也没有下岗的叹息

每天围在一起

洗衣喝茶，挑水做饭

我们的手上都系着一条红线

那是尘世唯一的联系

从此不再走失

2017 年 2 月 25 日

黑

湿漉漉的手，伸进
周六晚上，各式各样的眼神奔跑
闪电一般，跑过看台

就像白雾骑上灰墙
黑暗是假装的，墨镜之外
——"你看得见我吗？那边的"
只有荧光棒晃动

潜伏在歌声里
从古老岁月，穿过你的黑
我掀开苍穹的窗帷，看到繁星

2017 年 4 月 8 日

蓝 尾 星

从天上跌落凡间

碎成更多往事，撒向草丛

小明提着灯笼，沿河渠

走向更深的深夜

这时候母亲在哪里唤我

在更寂寥的怀中，星星点点

瘦成几行字，在书本边缘

小明就是从书本爬出来的蓝尾星

一枚一枚摇动着蓝色的裙摆

又以蒲公英的姿势飞曳

断成了上半阕

我做了很多努力，有时候

闭上眼睛想象蓝尾星的前生

是否就是小明，小明是否刚刚合上眼睛

也合上刚刚打开的书本

瘦瘦的几行

亮亮的几行

竟变成一片空白

九十度角形成的天窗

2017 年 4 月 15 日

以夜之名

以夜之名，万物收入囊中
吞噬各种声音，一句独白
在十字路口徘徊

连开放的花朵都保持缄默
鸟儿也不再唱歌
它们属于太阳底下的音符，所有的欢乐

大脑长出南瓜般思想，藤蔓爬过众墙
挡住外界的嘈杂，一切众说纷纭
孤寂是夜晚的凯歌

黎明前的呻吟，挑逗夜的神经
它是白天的另一副嘴脸
只为自己代言

是啊，黑夜看不到白天的白
白天也看不到黑夜的黑
阴阳对决，蹲伏一只怪兽

2017 年 4 月 21 日

速度十三行

脚步移动的速度比河流还快
它可以折算成时光
从甲地到乙地的行色匆匆

你无法阻止一场哗变
它们从树上逃脱
满地金黄，柔软得无法扶起、站立
但指控被春风裹挟

转眼夏日缤纷
地表已没有生存的理由
生存意味着残喘
在浓荫覆盖的面积

那些车轮滚滚
比仓促更加高级

2017 年 7 月 19 日

路过朱紫坊

朱门把雁门轻轻带上
月光独照青石板

水的姿势婷婷
古巷里流出了细语
今晚一片轻舟
穿行于城邦之上

高擎时间之烛
眼泪流淌不尽也无法
照亮夜行时的清癯
直到日出东方
曲巷所有的声响
背光的所有幽暗

如是一个路人
不经意
就像马头墙摇曳的风铃
而酒依然温热
即便如此
如此只是偶然

就像那年的萨镇冰

路过朱紫坊

2017 年 7 月 19 日

苍　茫

大山横亘于前

像大海深处

桅樯如云

那轻舟荡漾

从荔园滑过

少年是一片浅笑

藏不下万水千山

大山打上补丁

北风撕开它的一角

江水缓缓流淌

如苍鹰在山顶盘旋……

大海重归于寂

大山一般沉默

2017 年 8 月 5 日

影　子

我从众生中找到藏匿的影子
它被日光钉在墙上
月光放它到水里
灯光下它仆倒床上
目光是它最丑陋的发现

影子是我丢失的附件
怕光也怕夜
影子是我身上脱下的外衣
比我浪漫，但比我孤单
影子时常找不到回家的路
有时候它忘了自己
藏匿的方向

我不轻易
去踩影子的哪个部位
我盯着影子，思考它喋血的现场

2017 年 9 月 25 日

彼　岸

彼岸在高原

在绿谷、山崖、溪壑的任何角落

彼岸在漫天的锦绣铺向四周

在微凉的深秋

似曾相识的众生，未曾谋面的异乡

该开放的花都竞相绽放

该守候的时光

却没有等到四季轮回

彼岸，浓缩成今夜一丝小雨

以及车外难以辨识的面孔

在对视的瞬间

开始怀疑一本书的故事

怀疑这样一个平行的时空

阴差阳错的真实存在

渡己，却无法渡人

去到彼岸

一次秩序的生长

未必在繁华落尽之后

真相只有一个——
心灵抵达不到
彼岸，在此岸
也一定不会

2017 年 10 月 11 日晨于墨西哥城

青苔与未知名的昆虫

被岁月湮没过，一定
也被枯叶覆盖
后来，枯叶被风吹起
风又吹皱了岁月

它爬行在青苔上面
青苔恰巧，长在石壁

它是不知名的昆虫
抑或，它的名字不为人知
就像青苔
在开花前很多年

它停留在时间上面
时间恰巧停留在
清明小站

2018 年 4 月 6 日

一管牙膏向隅

队列两排
迎风声潜入
那管琴键，白得发黄
一张一张敲打，像旧日历
一张一张撕掉，像售票窗口的午夜

镇痛加冰
不要进口麻药
凿壁偷光，叮当作响
响成碎步，舒缓的慢板
午夜以后，楼上的地板被蹑手蹑脚以后

一管牙膏向隅
喊来硝唑胶囊二粒，即刻服用

2018 年 4 月 7 日

一只大虫

今晚的梦

是一只大虫

是一只黑色的蜘蛛

挂在房梁上

脸朝着我，我不敢肯定

它的屁股是不是

同一方向

它的脸张开后的尺寸

是不是装得下

另一场梦

我小心翼翼靠近它

抱起的却是一只黑猩猩

它和蜘蛛有一张相似的脸

像攥紧的拳头

使我看不到前方

它趴在我怀里

眼睛盯着上衣纽扣

由上往下数到第六颗

温顺的眼神

直到虚无

路过的人都围了过来
像见到怪物一样，看我

2018 年 4 月 17 日

闪着光

时间就剩下一条缝隙了

我们徘徊于下一个风口，张望

如果明天以光的速度降临

我们能否抓住

某个瞬间

那些站满相思树的后窗下

蚂蚁爬过厚的故纸

吞噬掉白色夜

像拐了弯的脚步

潮汐沉重，像行进的队伍的喘息

树叶覆盖过羊肠小径

如簇新的项链，闪光的日子

2018 年 4 月 19 日

覆　　盖

岩浆找不到
出口，千山万壑
冰封了的河

从二月凛冽的北方
走过，白雪覆盖
我们的躯壳

在杂草丛生的土壤
爆裂，寻隙空气
这是一粒种子，对春天的遐想
是一把镰刀，最接近秋天的收割

青春隐隐作痛
被一支鞭子抽打
黝黑的手迎向漆黑的夜
在黎明出生的地方
等待，一次血红的喷薄

就像一条锋利的河流

把大地劈成两岸，岁月如此辽阔

2018 年 5 月 16 日

采 茶 谣

推窗那一刻
万山奔跑，纷纷耸起肩膀
群峰背后欢腾的海
不断扑入眼帘

是蝴蝶的起舞在山崖上
是山崖上歌声互答
忽高忽低，是盘旋的梯田到云端
然后深谷里低沉的回响
被缓缓流淌

春雨从四面八方靠拢
成为你眼眶中倾泻而下的琼浆

2018 年 5 月 26 日

西 海 道

舢板靠泊的一湾浅水
比天空要蓝，不起风的午后
坟岗在烈日下嵌入后窗

等到日落时分的闪电
连接了海面与天空
夜渐渐被打开

月色澎湃，石阶下
海水唤醒一枝芦花
是涨潮的声音，还是退潮？

沿着山坡灌丛
许多星星迅速坠落
听，已没有大海的消息

2018 年 6 月 29 日

谁在意果实的红肿

有几个人关心花蕾的疼痛
还有谁在意果实的红肿
当你们走过一棵倒下
的树，说它活过时
土地都在颤动

2018 年 7 月 10 日

骑　云

骑在广场的石板上
骑在河对岸笛声悠扬
骑在一支香烟燃起的暗光
骑在四方桌边缘 Q 与 K 的对视

深的夜，快递跑过了烟尘
骑得太久，城市在他胯下呻吟

2018 年 7 月 20 日

怀　柔

这一晚清凉
从郊区月影稀疏的山脊开始
进入围墙的最高处
树木十分幽暗
看不清是飘落抑或起舞的姿势
星空冷冷的泪晶莹
即将隐匿

寂寞的空山
不见客，在北京郊区
亦不见车马冠盖
不见灯，不见霓虹
有多闪烁

山门在前
说是岸，说是驿站
在晚课之后我们摇醒橹桨
沿小径攀缘
水声掩盖了南面山坡，说是月光
把京郊怀柔

2018 年 10 月 23 日

忽然秋天

我知道马车已经

走得很远很远

像春风十里

无法追赶

我枯坐一晚

想起许多

开满枝头的往事

以及，山坡上热烈如火的杜鹃

我不曾知道

她们开放的痛苦

是否也像落英，满地

我回想春天时的形色

会跟明年一样

以后，每当我想起春天

都将把眼睛闭上

只是，今年秋天的叶子

跟去年没什么两样

红的比黄的瘦一点

黄的比红的憔悴一些

2018 年 10 月 26 日

自　嗨

一

连自己都找不到
把我抛掷到很远的地方
我就在人群里无声呼喊
长出你们那样的脸庞

二

我的声音几乎接近你
突然它又把我的句子嗨得很高
从你眼前跳起，跳起
到另外一个高度

三

我不能跟你们站在一排
我还未备好一件衣服防冻
望一眼墙上的像我们从大街逃过
刺骨的声音一直追到暖房

四

没有什么可以晒给你们了
特别在这样的雨天

地上一摊摊积水

扭曲所有声音

五

我的声音嵌在腔隙在喉咙婉转

我的声音从马桶冲掉而不是

从一支水管我的声音

就泛滥成水槽

2016 年 11 月

瞬　　间

时间被一年射杀
岁月流血后的创伤
我是我的目标
你遽然举枪

你把我漏掉
你把你留下
时间在你指间
你只是瞬间

瞬间花开
瞬间花谢
岁月从你额上滑过
时间被射杀后一年

你不必和我站在一起
我也不必跟你并肩
你站成了丰碑
我在我中间

2015 年 9 月 11 日

时　　间

可能是木棉，
可能是芒果，
时间用这种方式
挂着。

这不是一杯酒的距离。
高楼的拐弯处，还有拐弯
红灯、斑马线以及其他
都欲言又止。

时间可以另一种方式存在，
比如流水，
从悬崖、从上游
落下。

或者黄昏以后，
群山寂静；
有几座旅舍、茅店，
伫立在时间外面……

2013 年 11 月

借我一支箭

在两座山峰上方
群星，点缀成花儿模样
一些不知名的昆虫
正被遥远的歌声弹落

歌声就像一簇箭矢
在半山的草丛

似有跫音
小心溜出城墙
沿着山脚的水流徘徊

我用一段缰绳抓住
我用一枚邮戳盖章
我不停地转啊转身
我不断遗失在群山之间

是谁？又是谁？
埋伏在前方

呵呵，我始终无法将自己流放

成为爱情的囚徒

上帝，借我一支箭吧
借我

2014 年

余下的时间

或可将余下的时间去缝补一块岁月

或可将傍晚疲倦的耳朵试听一曲

那一片喧嚣海和那一段咸涩风吹过

或可将余下的时间去解一道题

或可将余下的茶再续一杯

直到夜彻底淹没双手

叫夜退去吧退到脚踝以外

窗帘以外直到靡靡之音退到时间以外

余下的时间不必很多

或可将余下的时间续一杯茶或咖啡

2019 年 3 月 10 日

像一句话消失在风中

我们像风一样，
消失在华盛顿的白天，
或者夜里；
我们像话一样，
消失在华盛顿的风中，
白天或者夜里；
我们像一种声音，
消失在华盛顿的人海，
白天或者夜里。

我们像波托马克河水一样，
从波托马克河流过；
甚至只是河水的涟漪。
我们像纪念碑的影子一样，
从我们身上经过；
甚至只是影子的喘息。

写于 2002 年 9 月 8 日华盛顿郊外，10 天后，
我们离开美国回中国。改于 2015 年 6 月 4 日。

用纽约的时间来写诗

那条街的原型是一个贪婪的家伙
他来自新泽西或者纽黑文

他经常挤在时报广场
给新年倒计时
把自己变老
让许多个无聊的夜晚
非常快乐。但是

第几大道的锋利就像嗖嗖嗖的长矛
要命的是它要你的腰
所以装上护甲吧不然
你根本无法站立

在那个阴冷、狭长而且
流着口水的地方

用纽约时间来写诗
在七号地铁上昏睡
咣当咣当从法拉盛到曼哈顿

去怡东喝酒

来一杯！就再来一杯

以为闽江水酿酒

以为是原乡味道

——涌啊涌啊涌啊

就在东百老汇大街醉倒

2015 年 11 月 30 日

地 下 铁

从东到西，我们从它的地下
从地下深处穿过
我们从它的大脑皮层穿过
它的脑血管
是那样的偾张
但有时它沉沉睡去

我们从波托马克河边
从潮汐湖畔婆娑的樱花树下
从树下落瓣的叹息声中
匆匆穿过

我们在国会山南边逗留了几十秒
这时，许多西装革履的人
和我们一起穿过
这只是一次意外
我们穿过华盛顿的四月

在华盛顿的地下深处
有一样的天空和星星闪烁
每天，我们知道白人和黑人

穿过一个公园，穿过许多中心
在大学周围更快穿过

华盛顿的地下深处散发出铿锵的撞击
剧烈的摩擦和按捺不住的奔突
土地的原味远在南加州
或者在更远的北方湖边
华盛顿有钢铁的意志
和钢铁的堡垒

我们穿过华盛顿也像钢铁一样
从东到西划出一条
寒冷的弧线

从东到西，我们从它的地下深处更深处
穿过，白宫可能已在我们身后
也不知什么风花雪月
草地是不是变青
我们已经嗅到地上的草味
以及烤吐司和煮咖啡的香味

土地的缝隙
就在我们从东到西穿过时
透下几缕空气

自由得让人

几乎冲出

地铁

2000 年 4 月 13 日凌晨

匆匆夜晚，芝加哥

降落和起飞
我们从芝加哥掠过
灯光像盆燃烧的炭
不知它的蓝调是否也在闪烁

就像闯入璀璨的树丛
在不能数清的灯影后面
橘色信号划向天际从它弦上
像倾诉，也像呢喃
芝加哥的冬夜
其实很温暖

我什么也没听到
曾有过的呐喊
芝加哥，仿佛都已覆盖
它的灯海
如果某条小街的吧间
还有萨克斯风吹过
在如此深沉的北美
那就是它的情调

我在俯仰之间

已分不清它的方向

灯火竟璀璨得这般浑浊

2001 年

哈佛广场书店

残雪时我在夜的窥视中到来

哈佛广场的几盏灯有些明，也有些暗

不远的地方，咖啡和书在店里等候

离明信片的地址很近

我在离开的时候还没看清

从夜的更深处回眸查尔斯河

波光粼粼从远处泅来

一些风从指间滑过

哈佛的今夜这样氤氲

我在巨大的倒影下面哈着白气

咖啡的颜色泛起乳白

但在温暖的灯光下它又无力地褪去

思想或从长街尽头

无所谓存在也没什么价值

三百多年的回廊有多少虚构的篇章

所有的书都似懂非懂

从眼角翻过就连疑问

都变得那般沉重

但是，我却有些留恋

2001 年

和友人见面，洛杉矶

因为太平洋的缘故
洛杉矶一月的天空变得潮湿
见你，还像多年以前
我的青春纵有红缨般灿烂
也不敢张扬

跨越美利坚东西两岸
我还无法设计这趟旅行的方案
三年或者五载
一个心愿在心底埋藏
我想起你，你在洛杉矶
紧靠海，在太平洋的某个臂弯

说些什么正如以前写点什么
太平洋之间断成上下两章
和你交谈我是如此平静
你是我多年未见的朋友

是的，见你
这个夙愿
并不强烈但已很久……

2001 年

飞翔的鱼

儿子，爸爸在遥远的天空飞翔
没有翅膀，没有羽毛
爸爸是一条淡水鱼
——像你见过的那种
但遥远的天空都被海水淹没了
有时候，爸爸用双手拍打水面
呼或者吸

其实，爸爸不会飞翔
他是一条淡水鱼
——像你见过的那种
爸爸怎么会飞呢
那是在你的梦里
儿子，爸爸学习用嘴巴呼吸
他还要学会
在海水中游泳的姿势
——可是，爸爸是一条淡水鱼
像你见过的那种

爸爸要是一条咸水鱼
就好了——既可以转身，又能够歌唱

和那些白的鱼，黑的鱼

一样

他就出生在海里

但是

在你的梦里，儿子

爸爸肯定会飞的

那些水——是淡水，还是海水

都被爸爸一跃而出

2000 年 4 月 30 日

维州四月

春天的花开
终究只是春天的语言
一种形式
我不能理解森林中的鸟啼
就连它们飞翔的姿势

杂草这样茂密
它们一年四季都在生长
即使是在冬天
仍然从心灵出发等待召唤
周围巨大的楼群
吞噬了一个又一个躯体
它们刚刚解放出来
从福特车和州际公路上
我从午后坐到午夜
我听到身上关节在叭叭作响
在窗外，鸟啼被夜色吞没
春天的语言
只是我的内心独白

这儿离太平洋很远

在整理行装时

发现我的一部分还没有到达

那可能是我身体的一些发肤

也可能是一部分灵魂

我有些恍惚

常常从午后到午夜

喝很浓的茶

我也常常在群楼之间盘桓

这花去我许多无聊时间的一部分

公园的木凳总是空在那里

但我宁可行走一直往前

一直往前

生命正在无法控制地喘息

直到大汗淋漓

我只是在这片森林的一条小径上行走

只有这条小径

通往春天

有时，一些早已腐烂的树叶

散发出土地的原味

柏油路面有了些龟裂

我感觉是树根

在地下蜿蜒奔突

摸索太阳的光线

当一些树倒下去的时候

这些根茎成长为森林

四月开始了

繁花铺陈开去

从一个窗前到另一个窗前

波托马克河水袅袅

漂流着樱花残落的欸乃

它们的叹息

春天做出多种手势

一边向冬季告别

一边招手朝着前方

欢乐是从前的记忆

生命永远在未来的选择之中挣扎

我该选择一种回归的方式

回到未来

这儿离中国很远

中国是时空的概念

那儿四月也开始了吧

那儿的花儿都香艳了吧

我的一部分

正行走在南方靠海的城市

从城市到乡村

到春野

我在夜晚的躯体中

窥视我的灵魂

在窗外，灯火闪烁

我已不能读懂璀璨的语言

2001 年 4 月 8 日

故　乡

不眠的夜里想起故乡

在河边水草边

在田边油菜花边

遥遥沓沓有多远

断了线的纸鸢

在天边

一如水车

一如牧歌

唤我

晚归的母亲

在夕阳下边

在耳边

岁月也有皱纹

在额前日历前

我的归途

都是补丁

故乡在想不起来的地方

等我

在路边思绪边

纵是迷航的帆

纵是无言的雁

纵是红叶乱眼

纵是清影弄剑

故乡

就在灯边枕边

在梦边大海边

2001 年 2 月 11 日

阳光午后

这样温暖
是从哪里归来

如果有杯乌龙茶
(不要化不开的那种浓)
午后可以非常惬意
阳光从一排有些萧疏的树林穿过
(不是奔流而下的那种激)
春水开始向岸边浸袭

或者把思绪寄走
当邮车出现在大楼的拐角
我的新春贺卡
该补贴一张邮票
维吉尼亚的雪很白
把去年冬天覆盖

阳光是春天公开的秘密
午后是生命迟到的恋情
天空仍很辽阔
像我青春的厦门海边

这样耀眼

把整扇窗照亮

2001 年 2 月 3 日

西　　窗

西窗点缀我们的屋子
除了午后阳光
有时有雨，有时有霜
西窗挂满了我们远眺的眼睛
看似一幅画框
有时迷蒙，有时辛酸

晨光几乎是在中午时开始蜿蜒
当我们从儿子的梦里醒来
在我们的前方
已经铺满阳光的碎片
也许就是儿子夜晚的星光

青草
在我们的思绪中变得非常柔弱
大雪翩然从很远的地方
几次开窗秋声已更远
已更加寂然

青草
又开始返青

而所有的绿叶

都在西窗的眉目间传情

曼妙得有些突然

其实没有人留意西窗

也没有人从西窗外路过

我们在没有鸟叫的夜晚听到

儿子晨起的歌唱

儿子在西窗的西面应该是东方

儿子在我们的南方名字叫北城

可是

我们不敢站到天亮

有时我们真想跨出去

想有一对翅膀

或者就倚窗

把所有的想法都浓缩成一缄信函

写了又改改了再写

让所有的鸟儿都学会思念

2000 年 4 月 14 日凌晨

旅行断章

一

挑灯夜起

想着东岸的时间

今夕何夕

不眠之夜

我听到心脏的跳动

永恒的分分秒秒

这样一跃而过

从百慕大群岛北极的极地

从旧金山空港

港边的一湾浅水

水千条山万重

已不知从哪里回首

我低眉时

云层从我身边翻滚

阳光不知射向哪里

射向阿美利加

抑或

中国的壮锦

二

最长的白昼

可以是二十四小时

最深的思念

可以在万米云天

最焦灼的等待

是已踏上故土

却还不能到你们身边

三

我等待黎明的啼鸣

在啼鸣中晨起的人们

那样熟悉那样陌生

我感到土地的坚实

而这样一幅土地

它的沉醉

七月晚间的熏风

它的白杨树林

仿佛被人梳理

用硕大的思念

用滚烫的双手

我听到窗外的啼鸣

那是

雄鸡的壮丽诗篇抑或

长啸仰天

可是，他们仍沉潜在梦乡之中

狗盗鸡鸣

也就在附近出没

四

这样寂静的清晨

风在摆动自己的身肢

像摇篮的形象

但只要苏醒

嘈杂的声音也会抖尽水珠

五

在南方

榕城的阳光

这时已经泻下

它和北京没有时差

就像维吉尼亚和纽约一样

但是

我听到了他们脚步的声音

那些窗户

都在晨曦中

微笑

六

归来

从华盛顿到明尼苏达归来

从圣弗朗西斯科归来

从北京归来

从福州

归来

我总在寻找准确的位置

这时，我靠床而卧

在阑珊的灯下

在无梦的夜

七

终究我会长出翅膀

飞出思念的空间

八

就在刹那间

仿佛你的眼

你的眼神只留下匆匆一瞥

匆匆，就像我从此路过

我还要收拾行囊

和他们说再见

我还要飞行

飞出思念外面

路过这里

我不回头

2000 年 7 月 4 日写于北京天龙宾馆晨曦中
2001 年 1 月 26 日改于维吉尼亚州阳光午后

花园 18 号

她的门牌号是一个很吉祥的数字
我不能告诉你的理由是因为
她已经装进我的心里

我也不能给你钥匙
因为，那三棵枇杷树的果子
眼看就要熟了

十二年前种下的枇杷树
已经将它的枝丫伸进二楼阳台
这时候，会有一部接着一部的婚车
开进花园接走新娘
彩纸片和鞭炮的花屑
铺到明年春天

枇杷褪下坚硬的花衣
它的果实仿佛一夜变成金黄
蜜蜂飞去，麻雀飞来

我必须扎下一圈篱笆

只能让阳光的疏影越过

紫薇的发髻

2015 年 9 月 21 日

银　杏

就算没有鲜花吐蕊

没有果实压枝

只要经历过四时雨露风霜

也可以如此纵情恣意

活在自己的身体

在自己的身体里鲜艳欲滴

你是被拍照放大后

倚靠在窗外的云霓

有时像运动后的苍黄

褪去所有华丽

冷夜里干完最后一杯红酒

并将一根火柴点燃自己

扶住墙角树影婆娑

竟然没有醉去

你将最后一点力气

牢牢抓住了空气

2015 年 1 月 12 日

留　　住

灯光十分苍老
一片片掉在地上

那时，他们挽着手走下楼梯

他们跟在我们的影子后面
有时候踩着自己的影子
追逐着像两只小猫小小的碎步
春天从那几条巷子穿过

夏天也十分突然，褪去身上的装扮
所有的水果都去了超市
花期其实很短
眨下眼脂粉满地

不再去后花园看望那三棵枇杷树了
他们连采摘的时间都没有
一直走着走着，菊花便谢了……

多年以后，南方下了大雪
并且覆盖了记忆

我们坐在客厅喝茶

听着滴答的钟摆

时远时近

以及远山的鹧鸪和春天

清脆的笑声和着楼梯的响

他们从楼上

挽着手

下来

2014 年 6 月 24 日

青春的花边

青春的花边
你可是用满山的翠绿剪裁
或者，天上的云彩
湛蓝的大海

青春的花边
你可是把赞美都缀满心怀
或者，秋天的采摘
夏日的等待

青春的花边
你可是将日记本写了又改
或者，痴痴地发呆
悄悄地到来

青春的花边
你可是拿所有的时间去爱
或者，快乐地灌溉
灿烂地盛开

2014 年 6 月 10 日

牵　手

是上苍的托付吗
我从妈妈温暖的怀里
牵住你的手

你的美丽
响亮的
啼哭
和夏天的最后一朵玫瑰
一起绽放

幸福来自云端
一万米高空
地球的上方

还有千万个呼喊
没有回答
我接住　只接住
你叩响家门的
小小手

不要问从哪里来

我们回家

——我只是过客

而你
是归人
是久别的福音
是一声声、一声声长笛

就算海水
漫过礁石　漫过海岸
漫过我的身体
漫过被期待浸透了的岁月

但所有的人潮里
还长满我的眼睛

并且
我还会抬起头
看这座城市
和城市上空的雁叫
她的飞翔

谁这样说的

——"跫音不响，三月的春帷不揭"

柳条万千都像我的手
而婷婷的你
在水边

后来
去了天边……

2014 年 6 月 10 日写

2015 年 4 月 21 日改

城外青山

　——给 BC

现在，开始把目光投向
城郭外面的青山
听布谷的平仄
耕耘的人们淌进春水
犁田、播种、插秧
从今天开始
就期待收割

紫燕穿梭
烟雨彩墨
大自然的赠予从不吝啬
满山遍野铺满新绿
一簇簇一丛丛
从这沟望到那坡
喊一声，喊来一首歌

云是山的游子
山是云的家国
溯流的众河
在千峰百嶂间摸索

世间的路比水流曲折

比窗栏辽阔

冷暖凉热堪与山河诉说

现在，开始把目光投向

城郭外面的青山

路一程书一程，雨一程汗一程

葱茏百转

云上千折

没有比远方更远的目送

没有比天空更宽的守望

2018 年 4 月 26 日

我屈服于时光

　　——给 BC

我屈服于时光
时光是长满牙齿的风口
月色被星星吞没

花瓣渐次飘落
在你虚掩的日历
一些果实开始成熟

我将作恒久的守候
像守候一场西风
叶子离开枝头

快把岁月抓牢
你深深浅浅的夜
已从梦中逃走

2017 年 9 月 23 日深夜于上海

两 棵 树

院里两棵树
一棵银杏，一棵红枫
作为树的形象站在一起

互致问候，这是入冬以来最深切的
也会是褪去盛装之前最热烈的

它们会始终站在一起
只把身体交给四季
即便凛冽的风中

而在它们秋染红晕的时刻
都不能彼此低语、倾诉

它们站在季节的某个拐角
它们站在无人的落寞的院里
它们站在夜霭重重的心灵深处

只是作为两棵树站在一起

2019 年 1 月 8 日

旅行丹麦

那是无名的湖
舢板如浅笑的天鹅
划过哥本哈根郊外的午后
阳光从北回归线归来
临近五月的脚步
悄然走进山毛榉的故乡

（我是从中国来的飞越重洋
万水千山　可以低眉俯瞰）

一片沃土生长在北欧
生长郁金香和浪型的女人
说有一个传奇
从北海上岸的海盗
没有蒙面一下
便蹂躏了她们

（如果没有诺言
就无归期
像一面纸鸢断线
在故乡的麦地远远杳杳）

波罗的海

剩下蔚蓝色的怀念

斯堪的纳维亚半岛

伸向日德兰

丹麦的城堡古老又深奥

铁锈的古炮

在我的眼光中搜索着好奇表情

每一管炮口

都对准友好邻邦

哈姆雷特说

生存还是死亡　便

消失在历史的舞台

只有心没有设防

丹麦黄牛

匍匐在鹰爪下面喘息

当苦难在战火中降临

心同样也能竖起樊篱

通过墓地

教堂的阴影遮掩亡灵的躯体

郁金香注定在四月开放

山毛榉吐绿在五月的花香中

谁会愿意兜售祖国的土壤

讲童话的安徒生

用美人鱼征服世界

（选择一张明信片写下和平的祈祷）

1992 年 2 月 20 日晨

空 港

靡雨侵蚀着空港的午后
隔窗望你，斯德哥尔摩

这是四月
一九九一年最长的白天
太阳在云的那端
云在天上
从东经到西经
生命的子午线没有变迁

曲折如长廊，空港的卫星厅
隔窗望你，望你的天空
犹如老家的古井
四月的花季是你
在山毛榉还未吐芽的风中
还有波罗的海的呼吸
只是过境
匆匆一瞥
瑞典的国旗在瑞典人的旗杆上招展
北欧曾有一伙海盗
到过我的家乡

隔窗望你，STOCKHOLM

那不是中国的汉字

1992 年

我听到所有花开的声音

那时候我就坐在
春天的栅栏外
坐在一棵山毛榉的树下

那时候我在莫斯科郊外的一座庄园里
寻找文字的暗语
在大雨来临之前，想起托尔斯泰耕作的场面

另一个诗人，赶上了一场舞会
诗人的那把剑，赶上了一次决斗
因此，这场舞会就有了重金属的回响……

十月，把我带到了北方
涅瓦河以及那艘著名的巡洋舰
都被秋风吹过了

一幅猩红的画布
被钉在橡木做的画框中
而此时，我听到所有花开的声音

2015 年 4 月 20 日写

2015 年 10 月 15 日改

老　　墨

你无法长出一对犄角
去阻挡一只大象
那时候雨下了
一个星期，而你的位置
决定你的方向

你就像遥远的远方
失散一万年的兄弟
你就是一个久违的邻居
在陌生国度里徘徊
（我们曾经遇见在北美
Lee Highway 红绿灯交换之际）

高墙装饰了北方誓言
在南方，心头垒起一块块砖头
你如何去拯救一个新大陆
那仿佛变成旧世界的一部分
新旧之间
荒漠长出荆棘

刀割一般的伤口

再痛，也要把血流向内心

那是你的国度

如鹰如啄，如诉如泣

2017 年 10 月 19 日

慢　　板

新大陆断成一管长箫，水声幽咽

从南方到北方，沿着山丘平原的连绵

新大陆瘦成一支弯曲的芦苇，束腰到不能呼吸

海水漫到眼前浪花点缀胸襟

伊比利亚有多远

记忆就有多远

当郑和的船队逶迤于海上

美洲，还是一块沉寂的大陆

迟到者是一名大海的儿子

航行的线路曲折而孤寂

他是骑着一匹骏马的渔夫

从辽阔的大西洋

飞驰过，无数风浪

每一声汽笛都那么苍凉

每一次飞翔都那么舒展

当海水涌进那管排箫

太平洋与大西洋像山谷间

深情的对歌，即便隔着远山远水

即便盛满地球所有的眼泪

2017 年 8 月 29 日

序　曲

切，那个该死的格瓦拉
像飞行器在丛林盘旋，像飞鸟

海边褐色木屋的阁楼上
他如此苍茫，瞭望一条鱼
在礁石的缝间暗潮汹涌
站在窗前，海明威
像加勒比海
一片孤帆

雪茄燃起的白烟
如一支长矛投掷天空

风徘徊于衰败的街道
哈瓦那革命广场尾气相随
每一扇小小的窗口
都试图打开，更高处比如古堡
就能看到海的天际线
和比天际线更加辽阔的岁月

卡斯特罗像神话一般

把自己埋葬了

连同他亲手点燃的篝火

而所有人民的细软

被拉链紧紧锁住

只剩格瓦拉的帆布包

那个匆匆的战士

风靡世界

"切，我的儿子"

2017 年 8 月 26 日

台北车站

把时间投掷到随便一节车厢
南回或是北回，而交接就在此时
被城市捷运、计程车，被似曾相识的手
交接也可以无需空间、缺乏仪式
被城里的月光，被淡水河边的某一片晚霞
有时候虚无的声音遗忘在了车站
像车站周遭每一次自言自语，每一种各说各话

春风伏在了你的肩膀，再滑向你的锁骨
你胸前一片稻浪从花东纵谷吹来
那不是太平洋的风，不是
兰屿外海热浪的赠予
你从青花釉里脱颖而出的款款只能是
从唐山摇过浅浅海峡的橹桨
呀呀的余韵缭绕，是惜别的海岸

张开双臂，拉长岸线让送行者欲拒还迎
每一枚弹射出去的蓓蕾
从站台弯曲的回廊上纷纷飘落
远方更加遥远。出走

是最轻率的旅行

像兴高采烈的蚁群

下一站板桥

有如抚摸一截春风

匆匆地来，姗姗地回

——谁把台北车站看作终点

谁又把南京东路当成了故乡

2017 年 5 月

后　山

高山隆起，横断中央
鸟的翅膀刚刚触抵半山的枝丫
密林深处有逶迤的人群、马队
几棵香樟树倒向悬崖
石头滚落山涧

他们来自平埔，可能吧
另一种说法是从昙石山来
沿闽江漂流，向南岛
向着太平洋的浅蓝处、深蓝处
其实他们到不了那么远
大部分的人就近上岸、溯流而上

他们来到后山，打个盹
野猪、豪猪、黑猪从眼皮底下跑过
长矛追着它们，后来是火铳，现在换成麦克风
他们投票，锯山樟树做票箱
树叶上写下故乡的名字

站在后山他们大声喊，喊山喊海
山洪切开大山的记忆

他们将巨石推进大海深处

没有响声，涟漪也不曾荡漾

2017 年 5 月

大　甲

在大甲，我住汽车旅馆一晚
离镇澜宫三条街，我走了两个来回

颜清标从国外赶回大甲，致辞说
天下妈祖是一家，听者来自福建

我在旅馆打电讯稿，还能听到锣鼓喧天
门没有关紧，窗户也还开着

想听几声"烧肉粽"的叫卖，拖长音并且
婉转几条老街，就像那时的东边社

需要电源插座，标准与我相同
再来一盘蚵仔煎，味道跟厦门的一样

2017 年 5 月

第三辑

溯　溪

溯　溪

一

水声由远及近

听不见溪流的搏动

山脉仍然沉默无语

濯足　朝着上游的方向

群山巍峨群鸟飞腾

遥远的呓语吸引我

溪的上游在那里歌唱

背后是山

流向回忆之中是溪的下游

时间的荒原已冷落几个世纪

脚踝踩过生命回廊时

许多森林古树轰然倒下

仔细倾听溪流的律动

像长鞭抽打群山胴体

在遥远的上游　她是蜿蜒的蛇

二

不知能在时间的溪流里横渡几回

沿着生命的四季花开

她是响箭不断射穿心灵

两岸峻峭

阳光只能停留在水边的平沙

一些不知名的花草

如今仍然繁茂

飞瀑冲刷岩壁的颜色

泛白的歌声戛然而止

天空一片残阳

如我心中剥落的花瓣

三

躯体像仰卧的群山峻岭

母亲的子宫曾经跌下一个丑陋的婴儿

因为想念我需要回头瞻望

古栈道已经斑痕点点

静止不动，留住时间的脚步

我的背后是大海深处

1992 年秋

手是沉重的翅膀，我不能飞翔

一

假如我轻扣你的三月

是否能重复记忆

歌忽然断成海峡

隔着汽笛　岁月一片片剥落

手是沉重的翅膀

我不能飞翔

二

来时并不犹豫

所有向往装进行囊

所有迟疑

都被雨天注释为凝重的昏黄

挥一挥手

仍然是怅然的姿态

湖滨南路就像凝固的信念

我无法歌唱

三

岁月怎么容忍钟摆

风从林梢踩过

白天没有失约

带一束鲜花，读一本小说

从序言到后记

打不开的却是最重要的一章

四

走的时候从从容容

收拾一下心绪

一只手提箱

等待阳光开启

1992 年

家 乡 戏

从戏场出来
锣鼓的喧响不再震撼
他的心，是清冷的夜
自行车驶过夜的思明路
（他没有这样难受过
也没有这样激动过）

那一年他记得日本人打进省城
最后一出戏没能看完
没能把荆轲送走
闽江边却是母亲依依的话别
（四十年了，他不知道
那棵老榕树死了没有）

他很满足今晚的月色
街上没有了路灯少了行人
六十好几的人了
他奇怪以前的事竟记得这样清楚
（那锣鼓的喧响，那唱腔的柔婉，
那地道的家乡戏，甜）

1984 年

清明时节

一

清明是必须落泪的日子

举起又放下，缅怀深深声声敲打

玄色的门为你洞开

世界的另一面仍是世界

我不知道

生命能经得起几番纠正

错了，就是永别

走过尘世，走过忘川

一些苦难不经意被敲落

入土

人生是什么

二

清明是开始飞红的日子

双岸也如水流

永恒抽象得非常

雨倾斜，碑矗立

夜半仍有杜鹃啼着远山

小村是一首歌

这样，走与不走都很静美

山寺钟鼓锵然断裂成峰乳的深渊
成谷成壑，成一载峥嵘的人生

走过另一个世界无非世界
门前门后分不清真理的虚实
想着家
路止于断桥

1986 年

从田野归来

每年冬天　我总是从田野回来的

田野的潮湿的脸曾经微笑过

太阳，它的永恒轨迹它的永恒力量

忧郁而自信地穿过村落穿过田畴

每年冬天，当种子还没下地的时候

当柳条还没泛绿的时候

忧郁而自信地

父亲曾说过他说过

我们家那棵死了的无花果

该是这个时候长叶了

后来他又说起祖父说起曾祖父

我没见过而又不愿记的名字

那些年这个时候我们是勒着裤腰带过来的

篱笆上飘扬着几块婴儿尿布

哲学家说是彩色的思想

好几个老人在庭院晒太阳

他们在说些什么我不知道

太阳忧郁而自信地挂在屋角泊在天空

后生仔们上城去是在早上

但是父亲说田要翻种子得浸

立春过后就是惊蛰节气不等人……

每年冬天，我总是从田野回来的

田野的潮湿的脸还是那样微笑的吗

1983 年

所有的田地都没有干涸

0
守候着那台水车
立秋时节
所有的田都没有干涸

日子是旧时的瓷碗
盛不满秋后的目光

1
童年的纸鸢张不开翅膀
那片油菜地蜂蜇了你

所有的田都在流泪
所有的泪都挂满油菜花的瓣上

太阳光洒下时
淋湿了你
但纸鸢再也飞不起来了
你的童年　你的眼睛

一条山路曲折了你的影子

2

喊声被群山弹回

摘杨梅的少年
是你　捡松子的少年
也是你山崖上跌碎的孩提
唱不出的
是一首童谣

走向大山的腹地
去听父亲的斧锯声响起

而你常常是一支守在路口
盼山乡四月枇杷熟时的叶笛

3

没有风车的岁月
却常有冷风吹拂
温馨
就这样飘散
像萤火虫失落水沟
你找不到
回家的路

歌曰：流年似水

没有行船的水域

选择了海的

是你

……时间是一首疲惫的歌

田畴的弓弦

落满乡音的离愁

4

水车的风景

流满你的记忆

而水

溢满你的心田

而所有的　所有的日子

以飞花的形式

纷纷落进你的眼睛

1986 年 2 月 18 日

回　归

你的双眼弥漫着风沙

你的泪水是阳光的汩汩流下

可是，你的目光远远地隔在车门后面了

隔在妈妈茕茕的声音遥遥的永恒

鸽子从那幢房轻盈地飞去

梨花的飘香是三月的飘香你可记得

妈妈的叮咛，孩子

等待是出租车的驶去又驶来

等待是脚步声的临近又远行

那些个鸽子已经返巢

街市的行人已经模糊于你的阳光

最后你凭着记忆

想象着妈妈的容颜自家的门牌

双脚艰难地划出胡同的曲折

如同出走的忧郁，回归

你忧郁于妈妈的叹息

孩子，你的阳光被月色所染指了

你的梨花被霓虹灯所掩映了

1984 年

闽江组诗

序 ·闽江船夫

山崖的嶙峋

落满夕阳血色的记忆

船夫，在这条历史的大江上

在两岸绿色的希望里

在大橹和礁石的较量中

把彪悍和骁勇

刻在了额头

像平面的风

像线条的雨

闽江啊，他们用生命和胆略

驾驶着你

于是，我看到那几片扯破的帆

靠近了岸的宁静

我看到那些折断的桅杆

沉入江底的永恒

从南平到水口

从水口到福州

我看到船夫的脊梁和眼睛

像灯塔

像灯塔上闪烁的星光

礁石·闽江上游的风景

现在是冬天
现在是冬天的枯水季节

我终于看清你的面目
礁石的狰狞凝固了我的思想

好像有谁
痛苦地合上双眼
痛苦地让江水涌上胸前
是谁，他的父亲曾经是一个船夫
儿子的印象里已成了遥远的记忆

上游，船儿是默默的
时间是默默的
连思想也是默默的，上游……
闽江啊，我终于看清你的面目
断橹和残帆
告诉了故事的一切

码头·闽江下游的情诗

常有一两棵榕树

榕树旁常有几级台阶

几个洗衣姑娘

牵动轮船或木排欢快地呼唤

但悲欢的爱情只留给历史

生死的韵事变为苦涩的诗篇……

这时我看到了

那一艘客轮泊在了

一个不知名的码头上

很多人沿着长长的踏板

踏上了长长的旅途……

太阳沉到了江底

江鸥向远处飞去

龙舟·闽江两岸的故事

你肩起了山峦

你肩起了桥梁

你肩起月亮和星星的对话

你肩起洪水的五月洪水的六月

龙舟，在雨里风里激浪高歌

闽江两岸是游动的呼喊

锣鼓的锵然把赤裸着脊梁的后生

擂成赭色的铜墙

站立在浊水与苍天之间

在历史与未来之间成为神话

啊，闽江的两岸

山峰与城楼起伏着

蜿蜒向海，走向东方

1984 年

季 节

蝉儿叫，荔枝红；青蛤叫，提火笼。

——福州民谣

一

那一年夏天

蝉儿把荔枝叫红了

老人的水烟筒吧嗒吧嗒响起

说花谢果熟透

荔枝树下又开始放牧他的童年

我们一群囡仔

笑老人是一幅稻草人的风景

他敲锣呀，他放牧呀

午后他打起了瞌睡

我们

一群囡仔纷纷跳进那一片

篱笆围起的诱惑……

循蝉声的起落

对季节的向往

对一片片一丛丛火红的思念

人们做着游戏的不安

在老人的思绪外

在篱笆的圈子里

二

青蛤

蹲伏于一掌芭蕉叶

咯咯咯地叫着

一个冬天的寒冷

微风不起于蘋末

燕子不落于檐下

没有雪花没有呵气成冰的温度

水银柱保持永恒的沉默

老姆婆提着火笼

温那一季的香梦

——好长好长啊　新婚的媳妇

这时怀她的十月

炭火旁有如许多的寄托

朝阳正运行于心中

青蛤不叫时

春天就来了吗?

1985 年

天　空

一

当一阵悸动过后

我们的头顶低垂着铅色的云

银河流不尽星星的眼泪流不尽

古老的传说像线装的古籍

多云多雾多流行感冒的季节

夕阳不再从西方落下

地球没有了经纬的界线

一切色彩的森林都举起左手或右手

向天空他们表决

让思想的线条网成我们生活的如格子般的稿纸

写上一朵童话里蓓蕾结成的果实

红树林排列我们沿海滩涂的图案

二

天空，原是一块难产的土地

栽下桂花在八月开放

栽下女娲升起的双臂又在哪个季节

那双臂终于生长像两株白杨

像白杨撑起希望的翠绿

而枝丫　枝丫　枝丫

做许多蹩脚的引申并且
以庄子或老子，以孔子授课时不备的备忘录
他弟子润色过的讲义……
白杨终于不安枝丫的蔓延

三

那张人类童年的照片
我们把它镶在镜框
挂在古老的小木屋里了
在夏夜的母亲的怀里
我们数天上的星星
数牛郎织女他们相会的日子
童年的河，是星星的河月亮的河

我们曾经想过当天文学家
从泰戈尔老人那本《新月集》里
做一次蓝天弧线的旅行
望远镜　望远镜
望远镜是天空的自由
我们发现了吴刚发现了嫦娥
王母娘娘举起手杖
嘭嘭嘭嘭地敲响着地球的颤抖

谁惊叫的那一声

丢落在月夜童年的小径长长的
拉成了几个世纪的严冬和结冰期

四
整本书都写着女娲
我们读到最后一页还是女娲的裸体
巨石　巨石　巨石
坠落　坠落　坠落
坠落

五
如秋菊的开放落下瓣瓣花絮
如水袖的一甩好一个旦角的神情风采
低音鼓敲在观众心里然后是掌声是喝彩
是钟鸣在城市的广场扩散
是激光的速度把钢板射穿再射穿
天空被许多思想者所注目
透过厚厚的一层如烟如雾透过今晚如火如电

1984 年 10 月

强台风第十号

一

恋人向告别的列车挥动

灿烂如珊瑚的手臂　说走吧

石斑鱼在指间泅游逐远

海盗将很潇洒地

上岸

玄色晚礼服

飘扬如旌旗从海面招展而来了

走吧　天气预报

正向大陆架方向扑来

向海岸线　向船桅　向相思林

宣告残酷时刻的降临

终于，开始了一次理性的背叛

一次哗变

一次带着白兰地般醉汉的疯狂咆哮

在南太平洋　在南太平洋的原野

一只奔涌的马队

积蓄整个春天的力量

放缰而来

你
走吧
恋人

二
闽江口没有设防的心
强台风第十号长驱直入

桅杆折断了吗？房屋倾覆了吗？
堤岸崩塌了吗？森林毁灭了吗？

再没有一个恋人
能守候约会的甜蜜来临
只有送别
只有绞着衣角想哭
想喊，想跳进江里做一次壮烈的殉情

列车已经开走开得很远　可是
她惦挂着在风之外
在海之外一个男性的臂力
曾经将她箍得落泪
那个夜晚　那个夜晚还来吗？
啊！大风起兮　大风起兮
电线杆怦然倒下

恋人　恋人　恋人
被摧残了

窗之外　灯之外　心之外
今夜十点钟
强台风登陆了
一颗不平静的心

三

船在沉没　陆地在沉没
公园里许多恋人没有预测到
这样一回突然的袭击
一回格斗
一回拼搏……
报纸　刊物
被征婚启事占了太多版面
什么人还忧虑什么
三凤求凰柳暗花明
然而
闽江口
水就要倒流了
只有这时
只有这时高音喇叭才仓皇传呼
——未来二十四小时

做好遇难准备

空间，狭窄得只能匍匐

万寿桥无疆

四

海与岸没有必然的联系

岸与船却有共同的思念

妻子和丈夫

因了台风的挑衅就要陷落

温暖的床吗

妻子　在倾听如期归来的足音

而今仍然遥遥无期

海在哪里　汛期在哪里

那个为她刺绣了一个春宵的男人

在哪里

爱情

因海岸线延伸了如许长的等待

台风过后

有人死了　有人活了

有人说昨晚

一条船在闽江口搁浅

昨晚　闽江口有悲壮的船歌

久久徘徊

写稿 1985 年 10 月

改稿 1986 年 2 月

海边茶室

品不出花茶的味道

五月里清冽的江风

吹过洪山桥吹过那一片山坡

茶园，春雨打湿的绿叶……

他们不愿再这样走下去

正如不愿那白帆远去消失了视线

海水的咸海水漫过脚踝

漫过谁的心坎谁的眼睛

谁在望远方望什么望蓝蓝的天

那女孩子靠朋友的肩膀

他们在说天上的勺子星

但是七月还没到天还没黑下来

木麻黄在呼唤什么他们不知道

不知道潮已退了

有很多人在这里望海望远处的岛屿

有很多人从这里出走很多人没有回来

这一个下午太阳懒洋洋睡去

但不是一切都休息都死亡从此不醒

心浮着心悬着，风筝
挂在了树梢线依旧在手
这一个下午品不出二十多年的味道
品不出人世的辛酸人生的欢娱

1984 年 4 月 30 日

风 景 线

把你的颦笑挂在我的橱窗
让你的风景摆在我前面远远地欣赏
这很好一颗星的陨落将是一颗星的诞辰
一朵花的开落将是一粒果的熟透这很好

这张灰色的封面
晚饭后我们总谈起总忘掉

而这时一个老人蹲坐
在海边看风景
后来自己也成了风景

而这时瞭望的视点模糊于镜头的阴晴
浪花悄悄开放了舢板的白色
这很好风景线的黄昏
我们看白色的风景去这很好

1985 年

胡同、少女和出租车

这个城市还没诞生时
胡同，就在民国的风雨中蜿蜒了
少女的爷爷少女没见过
奶奶说爷爷是北方人
（隔着长江就能听得见的北方）

可是，胡同和爷爷一样老了
夜半雨漏，更声
敲打着岁月的门牌
（那时，门牌还没钉上）
阳光被挤成一条窄窄的线
从胡同的记忆里踱进，踱出

一天少女坐着出租车回来
老朽的门楣镶一颗门牌的金牙
她轻叩门环，沿着长长的胡同她呼喊着
哦，奶奶您快出来开门，开门
出租车颠簸着
打补丁的胡同

1984 年

泉　州

泉州，这样一艘
久搁于海湾的驳轮
长满了琴瑟之声

总是元宵的南音
总是南音里的汤圆
钟楼的钟声千万次鸣响
已在行人的聆听之外
而小巷
一如化石被东西塔的阴影
埋葬了一千年

每一块门牌都忠实于历史
每一口街井都青睐于洞箫
总是唱不完的千山万水
总是诉不清的离愁别恨
刺桐花开时
能是另一种丰采吗
当三轮车行驶于大街
等候于车站
很多人，很多旅客

都呼唤他，需要

让车轮再一次辗转过石板路

让泉州在一次隆重的检阅中

漫街响起清脆的铃声

再哼起稀稀哩哩莲花落……

1985 年 12 月

湄 洲 湾

能停泊我的等待吗

你的水湛蓝
一湾故里
帆从他乡归来

能停泊我的忧郁吗

山上长满相思树
相思树林
飞起一串迷蒙的目光

能停泊我的思念吗

东望是海
海外是岛
岛上是基隆

1985 年 12 月

孪生岛

岸与岸之间
只有目光可以企及
挥动是手
桅杆永远静止
岛与岛之间
只有海风传递消息
当离别来临
岩石也长出翅膀
沉重而真实

当所有的手都已凝固
只有岁月还在潜流
木麻黄站满思念的山冈
明月再也无法攀缘上来
呼唤像橹桨的击荡
只有心还在等待

海水和海水之间
只有飞鱼才能愉跃
心灵还在漂泊
可以离散也能聚合

这边和那边之间

只有亲爱不会忘怀

潮水如歌

在每一尊礁石、每一枚贝壳

当所有的心都已沸腾

只有海峡如此沉默

相思林躲过目光的探索

繁星已被飞鸟弹落

守候母亲的帆船

再去遥流的长河

1996 年 9 月 11 日

哲 学 家

捋须一般

你将思维之网解开

打墨的教义

翻开一次就是一次的后悔

哲学家

你从思想的沙漠站起

一条内陆河

一片绿洲

而后你埋入经典的迷雾

指点江山

而后你挂杖于生命之岸

数森林的轮回

不能公开阳光的契机

终于留给后人

你烟斗里腾起的圈套

外面的想进去

进去的想出来

哲学家

你忘了你的钥匙

交给了谁

1984 年

游水海鲜

最美的是你

在没有故乡的水里

海已成蔚蓝色的遥远在梦的夜阑

极静

听不到你的呼吸　极冷

寒冬就要来临

甚至可以不用鳃

呼吸也能苟延到掌灯时节

犹豫之中可见汩汩的水泡

从一根扭曲的导管里

从电瓶伸出的绳索里

从一架谋杀机器里　吐出

你没有窒息

通往生命尽头的却是一场酝酿已久的阴谋

灯红酒绿时　你还有霓裳艳影

以你的青春和不及告别的玫瑰般岁月

证明百倍身价

你是可以用来佐酒的

在客人迷离的目光中

你终于幸福地闭上眼睛

美人鱼

直到剩下一排骨刺

你仍是最美的化石

大海变得愈来愈陌生

由蓝而黄而红

只隐约听到喘息的重音

1993 年

读画（九寨沟）

一

濯足的响声远去

心还静静停泊

一泓水　和　一丛树

二

跫音已经流逝

也许仍有归期

汩汩漫回

三

迷离的斑斓色彩

也曾随意挥洒

回忆却早已迷失

四

许多躁动如歌

当秋叶纷纷飘落

还有曲水铮铮作响

还有思念

1991 年冬

读画（黄山）

一

多种色彩簇拥那个季节
童年的蜡笔不小心染上的秋色

二

泼墨　聚集许多云雾
从你的指间绕过
一座名山的几处不知名的山峦
都点缀成丹青

三

只是一层云雾的迷漫
金叶更加恣肆
不可拒绝的召唤
却在依稀之间

四

远山更远
不知那一箭阳光从哪里射出
远过远山
穿越森林的心灵

雾是有根的

雾是有手的

雾的眼睛有些许醉意

低眉时　你突兀成峰

1993 年

读　史

从高山之巅俯视森林

观树上长猿舒臂

乱草丛中一只螳螂跃起

更声隐约

驿道就像手中的长鞭

西风卷起残页

飞溅几摊

血

一万年　就这样

被一笔勾掉

1992 年

榕城雨巷

匆匆告别初夏
泪湿的信笺失落在一条雨巷
时光急剧后退
良伴已成路人

玉兰树在后面影影绰绰
春雷一阵一阵滚过
北风刮走秋天
只剩一只西山外面的鹧鸪
不属于我还有榕城的雨巷
雨巷里戴望舒走进又走出

1991 年 2 月

神　秘　岛

一座神秘岛

在远方

在思念里

神秘岛长满了青发

蓝色的眼睛

惶惑着对舟楫的不安

踏歌如雨如浪如夏末的台风

她永远期待永远

泯灭了笛鸣声声自天涯而来

这动荡的日子

神秘岛她披发歌吟

做一次探险多不容易

神秘岛在哪里

1990 年

访友不遇

那一扇始终敞开的门
今晚闭着
一个未解的世界之谜
喊声被弹回
像掷去的目光没有被握住
幻觉中一堵天坛的墙壁围来
一丝游动不散的怀疑

今晚闭着
朋友的那一扇门　记得
一回深夜里到处点不着一根烟
在风里散步到黎明
将白玉兰一朵朵摘下
插在发际
等着日出　有人领我回家

一扇门　开着
是永恒的谜
朋友在门的背面
门在朋友的心里
开了是一片黎明有清道夫等待

开了是一块抹布不能擦亮眼睛

朋友像一只小小的茶杯倒点水

朋友是一张沙发

是片刻的小憩

是天气

是一包烟

从黎明燃到黎明

可是　访友不遇

记得一回深夜里到处点不着一根烟

摸摸口袋，钱丢了

黑暗里有人递过一星火苗

1985 年

寄　友

一

日子
就像巨树上的硕果
被不断采摘

长大后
甚至不愿从那棵树下
走过

孩子们
纷纷拥向青果的树林

二

走了很远的路
一肩行囊
千疮百孔

弹洞的日子里
从海边向深山
行走
长歌千里路

云和月

都成记忆

三

羊尾河

静静流过岁月的童年

静静流过

山高树绿的家园

慨然回眸

你的拥有是山冈迷漫的歌

从低音到高音

从历史到未来

第一声啼哭

便带走羊尾河所有的委屈

车辚辚马啸啸

从厦门到榕城

从黄昏到清晨

四

过去的日子

被一饮而尽

现在的日子
又斟满一杯

未来的日子
正在瓶中洋溢
——几个饱嗝上来
酒已不多
人已尽兴

五
风蚀了青春的容颜
斑驳之外
还有坦荡的原貌
岁月
绝不容篡改
生命的鼓点由近及远
渐渐悠扬

1990 年 12 月 22—24 日

天鹅之死

美丽的湖泊是美丽的陷阱
在森林背后
静静等待　天鹅
死了

柴可夫斯基的旋律
在湖畔低回
在剧院　忧伤地从弦上流出
柴可夫斯基
死了

一只丑小鸭
在春天的湖里
找不到母亲

1986 年 2 月 5 日

橄 榄 树

有个女孩在哭泣
在苍穹以远
她什么都拥有
拥有天空　拥有白云
她不能
和风对话

有个女孩在流浪
在无垠荒漠
她明白无法寻找那棵橄榄树
无法随着那片驼铃声声
在非洲
雨季从没有来过

有个女孩在回归
北回归线以北
在台北
她的家
有一间小屋
深藏忧郁
只有心如风筝

随风、随云、随烟一缕

有个女孩叫三毛

1991 年 1 月 7 日

诗　人

诗人住在小巷深处

他坐在剧场的前排

诗歌被谱成通俗小唱

有时攀缘爱情

夜晚倚窗听

钢琴声像水一样

流出　诗人的泪

出过一本诗集　后来又出了一本

便开了一家书店

兼做水果生意

于是　便有了家

1990 年

海鸥飞处

许多目光如织网的飞梭

海鸥飞处

旷远的天宇云霓流雨

在界定的空间自由翱翔

然后客途他乡

海鸥飞处

贝壳里有潮汐的重音

心盘旋过

山高水长

忽然一声呼哨振翮凌霄

1992 年 3 月 11 日

犹豫之间

如歌

船一次次离岸

犹豫望你

或走或留

如潮

幸福一次次拍打

心无法泅渡

小岛急驰

如箭

1992 年 3 月 16 日

水声还在窗外泅游

没有帆影的日子
我企盼一次美丽的鱼跃
情人的跫音是猫　临近又远去

相思林让鸟们幸福地射穿再射穿
橹桨儿已吱呀了很久
水声还在窗外泅游
思念是一幅漂泊的梦
梦是一座凝重的山
我是梦外一片忧郁的山岚

1989 年 8 月 10 日

只有风声

只有风声
闪进　蒲葵树　闪进

蒲葵树

像手
摩挲风　一株蒲葵树里

一株蒲葵树里
只有风在轻诉　子夜里

1989 年 8 月 13 日

停　电

今晚停电

与烛光对酌唯我　再饮茶

不必惊扰铃声

窥视黑暗时

还有半壁摇曳的江山

歌声不能伴我

不知世界乱成怎样

晚间新闻

连同黑匣子一道消失

门外很热闹与我无关

守着自己像守着孤坟

宁可聊无天

不可抽无烟

1987 年

雨　天

天空忽然下起小雨
一支雨伞
却忘在墙角
路上的行人
纷纷挤上公共汽车买票

天空一层厚厚的云
低低压下
且夹着冰雹
蓦然回首你已不在
一只小狗已淋湿了茸毛

1988 年 12 月 28 日

西 门 外

一

飞过油菜花地的纸鸢

临近城门

驮着干稻草的板车

也临近城门

城里有不同的声音牵引

我的目光

从不一样的季节

凝视大街小巷

每一件新衣

二

阳光认识每一粒稻谷

就像我认得它们

金黄的外衣

晒谷场离秋天很近

我试着做了个春天的梦

三

空气凝固的时候

汗水流过腮边

时间在荔枝树上

刻下一道伤痕

知了从正午向晚间

由青变红

四

风翻开阁楼上每一页纸张

从此不再离开

从此眼里长出忧伤

就从一块薄冰开始

麦苗不能屈从于风的安排

还有紫云英迎风凛冽

热烈就像旌旗十万

五

等待需要耐心

它甚至比一个上午要长

因为远方太远

38 路车也不能到达

归来变得遥遥无期

当我试着回忆

这一段抚不平的路途

无以变短

2017 年 5 月 29 日

猪快站到风口了

猪从没有被吹起来过
即便是站到了台风的风口
不，在台风来临之前
猪因为某种缘故
就早早上床了

猪是可以在年关临近时逃遁的
从猪圈到食品站的距离
比屠夫的一生还要长
在我学会赶猪那年
我的手心被攥在竹竿那里攥得通红
从我家的猪圈到公社的食品站
猪"哼哼"不停
不是因为痛，不是
我手中的竹竿
抽打了它

我打小就围在猪身边或者
猪打小就围在我身边
围着泔水，围着烂菜叶
围着春天一样的紫云英转不停

猪饿的时候围着猪槽转、转，甚至转晕过去
它的美好童年在旋转中"哼哼"不停……

猪还是没有站到风口
它本来是有机会站到风口的
过了这个年，他们说一切就会好起来
连问候的语气都十分潮湿

而这时猪需要耳根清净
它那么大的耳朵
已经被鞭炮炸到耳鸣
它只想在猪圈里
写一首诗
安静到
只有
猪

2019 年 2 月 3 日

异乡人

听口音，几位站在巷口的
盘桓于早春外面的
青春男女
必定是异乡人
他们鼓鼓囊囊的羽绒服
迎接着巷口的余晖
以及后来逐渐到来的幽暗的时光
北风带着一支熟悉的哨响
从巷口的这端吹向那端

但在坊巷的深处弥漫
是正月富余的醇香
像青红开封时浓烈的潮涨
扑进怀里，如酒仙
如神仙，如亚仙，如款款的青衣
上了厅堂，此时烛花摇曳
有凉风也翻不过
一堵马头墙

坊巷问，异乡人
你是何方神圣

异乡人则问

坊巷你该有多高多大

谁能回答？坊巷深处必有回声？

不同的脚步踏上坊巷的青石板

就像不同的双手端起青红酒，就像

不同的青衣来自四面八方，青春的声音

嘈杂但是生动

异乡人的声音

听听，听不同表达

听弦外之音

2019 年 2 月 11 日

一 条 河

唯一能想到它还是条河的理由
是，它还叫着河
而实际上它早已失去
作为一条河流的所有姿色
它的湾后面不再跟着曲
更多的时候它是直的
当然也可以将笔省略了
因为，能把它取直的
是镐、铲，以及挖掘机

一条河被各种施工
被各种工具开膛破肚
最近，这条河被成功截流
勾机、打桩机已经进场几个月
每天咚、咚、咚撞击着城市的最心脏
居民不堪其扰，纷纷
逃离了现场

这依然是头疼医脚
隔空抓药的表演，现在
心绞病被唤作有心痛的感觉

如果你说在挖石油
也该井喷了，我们也信
虽然看起来水比油便宜许多
但城市需要许多下水道的诉求
更加理直气壮，而不是
两岸绿柳成荫流水潺潺的一条大河

所以，城市并不把每条河都当成河流
而是将收纳各种污浊之物的载体
叫作渠道，是的
这副被开膛破肚的
早已奄奄一息的身体
挂满了各种点滴
实际上它刚送进手术台或者
刚从手术室被推出，反正
同样的状态、感觉
它被推进或被推出
是去第二医院还是康复中心
它都无法用一滴眼泪
来换取一次专家的问诊

城市所有的沟渠都用来暗示
各种因果关系
是非关系以及暗通款曲

它们像血液穿过血管的循环

此外，便再无闲心去问

大河是否护城，向东流去

或是，一派春水

浩荡奔向大海的情怀

2018 年 4 月 22 日

某 桥

一

我以为逗留就是归宿

我以为出发必须回来

我以为时间川流不息

我以为道路没有尽头

二

不是我生命的符号

它冗长的叙事掩盖了几阕华彩

从而这个过程显得相当平实

但它的饱满，就像十月的晚稻

也不是我人生的拐点

此处，我停泊并且抛锚

没有兰舟催发

我试着做过一次远航

三

桥下的水始终扭曲着身子使我无法直视

不是因为袒露，而是我从未听到笑声划过它的童年

——它委身于白天的喧嚣和夜晚的梦魇

何曾有过什么诗词歌赋

除了榕树，还是榕树

——它好像一夜之间就能变老

或者，它就不曾年轻

四

我喝完了最后一盒冻顶乌龙

准备走出办公室，离开某桥时

医生用一根管子把我放倒

检验科就对着我的窗户

我必须越过浓郁的榕树才能将目光投射到

那一片白像阳台上的床单，被另一片白所覆盖

五

用最原始的声音保持沉默

用最古老的话筒传播消息

用最华丽的文字埋葬青春

用最璀璨的夜晚掩盖真相

2015 年 9 月 24 日

晋 安 河

这条从古代流到未来的河叫晋安河
古代以前，没有人知道它叫什么，就像未来
没有人知道它流不流到闽江
上流或者下流

从前是农田阡陌的景象
东岸和西岸咫尺天涯　晋安河
后来或者未来，当它穿过城市中心的时候
已经装不下城市倒影
甚至，城市午夜的一阵呻吟

可是说不定啊，如在东门外采薇
就有了左岸的遗韵，咖啡或者下午茶

从午后开始，必须寄情于山水
至少，应该在晋安河边看看远山含黛
看看树影婆娑，芦苇摇曳
此时，试着让一句诗涌上心头
并给身边的爱人发条短信

——落花人独立，微雨燕双飞

就这样凉风就这样，在晋安河畔静止
凉风的静止仿佛河面的静止
但不能确定河水，不能确定河水动或是不动
照片里一片墨绿的、没有任何涟漪的表达
都在秋天的黄昏里沉寂

晋安河的水总是流逝在时间的转弯处
在看不到的尽头它的上游或者下游
空空的那头和空空的这头
这头还是那头

2015 年 9 月 15 日—16 日

舞会的错落

你说你是季节我们是候鸟

你说你是江河我们是舟是永远的升帆

可是我没能赶上那次周末舞会

永远也赶不上了

那节奏那律动那跨步那甩头的造型

他们都是低年级的同学

是穿西装的二十岁男生的洒脱

是搽珍珠霜的十八岁女生的娇媚

是中学生们跳着橡皮筋的定格

是江河的旋涡

因此是唱片是歌喉是艳丽的三角帆

我的中山装没能等待着一块调色板的召唤

我不再是暖色没有勇气走上舞动的画布

因此我是经典是四年的故事

让那些打着小旗子戴着白帽子的

少男少女们读我

然后，查找气候的阴晴如何在故事里

留下的高山青涧水蓝那时候

我也是低年级经常借不到书

可是我已永远赶不上那次周末舞会

我走在校园可我将不属于校园

不属于我恋人的瞩目

她曾在我的诗中在我的黄昏夜阑

在烟云袅袅中升起成为我不眠的春宵

每一颗心都是我的彩票而我不能

都中彩

你为我舞我为你歌晚会常常在等待中结束

而等待都是不果的花不花的树不树的土地

而土地都是你我阳光的倾诉在幽静的小径

那时　你捧起萤火虫

像捧起你的童年我曾有过　那时

我已不再回头因此等待总是雨

轻打在棕榈的肩膀

总是经纬的交叉而且永远交叉

那场舞会我错过我们永远错过　因此

我站着候在你的将来我说

我没有错

穿中山装插钢笔的中文系高班生

错过了那场舞会因此大学我要走了

二十岁属于你十八岁属于你

你必须是舞动的画布

是呈示部是多边形的构图是暖色

而我只能成为补色在我的校门

年龄的错误是你我的错误错误总是永恒
我将守着挂校徽的校门
让没错过那场舞会的三角帆
都在我眼前升起都在我眼前
旋转着江河的律动

1985 年

凤凰的记忆

甩水袖于舞台
程式的款款舞姿你亮相了
风浓雨浓你的造型总是色彩
我只为你那一声娇媚甜甜的
我只注目你

走出剧场你走向我
我要说校园的寂静是你的
三月桃红梨白是你的
而你的声情是舞台的我只激动
就这样我的故事被你读完
就这样我的童话没有编成　大学
雨打芭蕉夜半更声
我翩然的款步不见儿女情长
当年母亲送我十八岁的时候我只想说

母亲　关山云月是儿郎的踪迹
我只想说一个古老的话题——

编钟舞乐秦俑唐伎
一切的历史都将是我的将来

流水高山断弦为君

一切的现实都将是我的沉默

因此剧场我告别你的哭声

（你的眼泪为剧情而流落）

你的红红的服装不是霜秋枫叶

我曾说我思念过我期待过但不了　现在

期遇是生命的巧合误会是历史的谎言

大学我要走了

我要告别你的舞台你的程式你的水袖

长长地唱一曲南音吧

你甜甜的笑靥我仍思念你郁郁的哭泣

我曾说过对母亲说过

当年啊难相忘

小岛啊总长忆

因此我要说

让自由永远负荷着幸福的磁场吸引每一份阳光

让舞台永远奔放着时代的节奏踏响每一块土地

六月花开七月花红

我的记忆是凤凰的记忆

1985 年

青春回程三十行

以最期待的心情
踏上三十年回程的列车
期望青春还在　旧梦重温
我们，以最浓烈最恒久的怀想

那时候多么青涩
好像水边孩童送出的第一艘
纸船　就要出海扬帆
那时候多么朴素
仿佛一叠新市毛边纸般粗糙
就要开始抒写锦绣文章
那时候啊，还如此幸运
一张纸条就约了心目中的女神
从黄昏到深夜　从芙蓉湖到上弦场
还要跟人家谈人生谈理想……

我们只是千万次偶然的聚合
然后四年，然后三十年
我们只是千万次必然的分别
然后想念，然后思念
我们只是千万次的追寻

然后相逢，然后重逢

我们只是千万次的出发啊

就像当年我们的第一次启航

如果可以，我把这些年还你

如果可以，我把这三十年还你

岁月啊，无论我已收获多少

爱情、荣誉以及赞美

只要我还能在你青春的海边

看一次日出　喷薄东方

只要你还在囊萤楼等我

像三十年前的模样……

2015 年 9 月 4 日

第四辑

迷失的船

即　　景

海浪不再拍打

那些蓝色的礁石

以蓝色的舞步倾诉

风帆扬起了一只只彪悍的蝴蝶

木麻黄一直远到海水浴场

夏日踩着海浪而来

岸边的窗户向天空开放一个季节的时间

有人说海螺的红绸带丢在了沙滩

有人说旗帜举起了彩色的信念……

1984 年 10 月

音乐时分

一

杯子碎了

割破你的手指

手指在淌血

而心　在哭泣

你将被角咬紧

将木板床弄得很响很响

像那一次

你读到她的诗

有人在敲门

你蹑手蹑脚走去

忽然被谱成华彩

被随意弹奏

二

一切都在退去

孤守着笼子一般的屋子

如困兽

扑向铁栅栏

囚游人的歌吟在窗外

窗外是无声的落叶

一条臭水沟

整夜在梦醒后流过

不远有锵然的锣钹

远处有望不到的爵士在摇滚

一切都将退去

泱泱大河

不被拨弄为古曲

不被挂在崖上倾泻而下

三千里　三百里……

只有鱼在游在呼吸

只有货轮切开母亲的腹腔

逆流而上

而上是源头

而上是枯竭山脊的沉默

一台坏了琴键的钢琴

一段没有旋律的节奏的游离

1985 年秋

心比胃痛

胃痛开始在午饭过后
夏天的最后一个日子
最后一朵玫瑰开过

早春时
雨水的稚嫩小手将他们摇醒
鲜花　开放了
这时起
心开始隐隐作痛

1991 年

迷失的船

众里寻他

一片深蓝的海域

琴声荡着双桨

在小巷的深处　船呢

一个诗人叩开另一个诗人的门

一次覆灭船迷失于远岛

冬天里

她不愿歌唱

春来时

百叶窗外星星闪烁了岛城

孩子荡起双桨

吱呀吱呀地响

1985 年 5 月 12 日

突　　围

我还能哭泣

天空更加临近，云层低过楼宇

呼吸像气球渐渐膨胀

跨海的船

像飞鱼不断射向夜幕

我还有感觉，心动如波涛

冲向船舷

曾经死过一次

一次战栗　一次晕眩

青山被出卖

九月的黄花在九月里寂寥

我的心原是郁郁葱葱

从山腰超越众溪超越桥

超越栈道　超越攀缘而上的足音

无法登临山巅

无法迎风招展

即使千年古树也倒向巨斧

时光隧道

横亘过万水千山

山和海共守一句诺言

古代更加古老

未来更加华丽

爱，只是被唾弃的谎言

重复千百遍

依然不能成真

歌者

早已跌入了情网

成茧成蛹

老人已被白雪覆盖

少年向襁褓挥手

城市像我的躯体

逃遁群山的追逐

举手之间

阻止人流车流

却无法阻止高楼更高

心肺通向水道

一些污浊排入海洋

当城市也像海洋壮阔

我渐渐沉寂

像蜻蜓找寻失落的湖面

记起那次海上旅行

只记起周遭只有天籁
记起那次攀缘山峦
只记住谷底只有山风
我还能哭泣

1991 年 1 月 26 日夜

复　　活

一个人在街上行走
一个人从这边骑楼走向那边骑楼
一些打伞的路人纷纷跑进雨里
一些遗失的往事不要提起

看看日落
当一群候鸟从北方飞回
寒冷的季节从额上越过
歌声顿时混浊

一个人坐在车上
一个人背起行囊去到北方以北
选择一粒硕果
生命之树没有秩序

在一片沼泽地前驻足
回想起那次邂逅
那杯茶从早晨喝起
午后的阳光还在林间徘徊
回想起那次重逢

翻到第二十二页倒数第四行

有些许抒情

二十五页第七行

悲怆来自苍穹

十四行诗

写在季节外面

北方以北已经冰封了

雪橇穿过苍白的一片时空

站到地图最高处

赤道已被熟悉的纬线挡住

一个人去流浪去远足

孤独就像那座塑像

回归的时候遗失的往事一定不要提起

我的心不能承受被召唤的痛苦

1991 年 1 月 27 日凌晨

客居他乡的季节

客居他乡的季节

飞雁也低低盘旋，也黯然无声

最心痛爱人就要老去

拄杖夕阳外，风景像路边的榕树

打过补丁的青春

和年轻的容颜一起锁进樟木箱里

客居他乡的季节

回忆攀附塘边的江南

飞霜飘雪如三月的柳树

探春惜春在三月的桃林

蝉鸣的日子，宛如西山的布谷声声声老去

花已经非花，雾仍然是雾

榕树高千丈

枝头不结果

结果的只有心痛

心痛一个爱人的逝去

1992 年 2 月 24 日

夜　　起

惊悸一声夜起
远望是北方的离影
你在梦中
我为你醒着

最后一行诗一句歌谣
被你读破
被你
悠扬的一笛长管撕裂
从站台到站台
从过去到过去
黄昏在前面
守候我
走下湖滨南路
你仍在梦中

只一盏孤灯
伴眠　那山
渐渐高出水面
宁静的湖荡着
最后一圈涟漪

退到凌晨时刻

阳光依然在天下矮着

我高了　也许

高出群楼　高出扑腾而出的鸽

高出青山

高出蓝天

高出白云

高出黑夜

高出梦

高出枕

你是守望时的一盏孤灯

因我而触电

1989 年 10 月 23 日凌晨

一个人夜里在街上

那时萤虫弹起
像昨夜满街灯火
一个人
甩着袖子
晃过一条街

在夜里
紧随我的身影
想起唐朝的欸乃声
青山绿水秋虫唧啾
紧随着我的身影
一叶扁舟和一支橹桨
从这条街摇到那条街
不停地吱那个呀

只是秋日之意
杜子美登台苦吟了百年
回想春季
没有灿烂开放的日子
秋夜漫长我走入漫长的一条街

这时

头发扬起

像一匹马的鬃毛

行囊只盘住凄凉的秋风

1989 年 10 月 7 日

在一扇温馨的门前举起双手

黑暗中手臂在搜索空气

眼泪如花瓣落在三月

必须告诉你门外寒风掠过

熟悉的敲门声就像寒冬咳嗽

雷声一片片

迷蒙的心如雨雾中挂满的桑叶

几十只蚕蛹的蠕动我知道有什么结果

我只能在等待中静静战栗

时间愉快地破损

战栗中等待开春

只要是一声召唤

我就会跃向黎明

像一名投手把身躯投入灵魂

阳光使我在泪流满面时走进城市

在一扇温馨的门前犹豫地举起双手

1992 年 2 月 20 日夜

我望你是乍暖还寒的季节

人生有这么多无言结局

使我惊悸一个下午

即使生命可以英勇仆倒

心灵也难以站立

人生有什么欢歌

苦楝树在冬日里战栗

需要慰藉的时刻

心与心相距最远

雨中我望你是乍暖还寒的季节

雨中我是街上一把黑色的雨伞

1992 年 2 月 21 日

死去已无疑

易破的诺言像风逐云而去

晴空里鲜花也曾经铺向远方

曾经在雨中拥有一朵孤寂的心灵

背叛第三季节

无法慨然回首

无法怜惜一把眼泪你曾经哭过的

天地有多高　多广

撒网而开的梦漫无边际像一个思想幽灵

等待三年心就已海枯石烂

那幕始终没有落下如你的眼帘

黑夜在黄昏以后　在窗外

像激荡的河流索不到　心的水源

死去已无疑

1991 年

心　事

为什么你不把话告诉我
凤凰花又开了
可是你还穿着春秋衫
为什么你不撑起小花伞
不穿起乔其衫
穿起乳白色的连衣裙
随季节一起到来

为什么我总在沙滩凝望
你的归帆

有一个故事很美
为什么我不讲给你听
不沿着芙蓉湖
沿着心中的岸边向你涉去
阳光在我心里

三月是你的节日
让三月的风扬起你的飘逸的长发
在我的镜头里
多次曝光

八月是我的涅槃

别八月的海　打点我人生的行装

在你的相册里

成为永恒

这条人类的河川

湍流不息的是两岸相望的泪

一千次梦中萦回

不如一次牺牲于桥

1985 年 10 月

阳　光

阳光的过滤

在你的发间是一种痛苦

熄灯以后

细雨蒙蒙

我望不透这夜的尽头

你的青发是黑色的符号

你扬起你的旗帜在七月

大街上成千双眼睛

排成你的队伍在旗帜下

太阳　已不能进入你的防线

这是诱惑的七月

如你的唇　如你的笑

阳光下我该是旗缨

如果不在熄灯以后

1985 年 7 月 31 日

不　愿

不愿目及凤凰树
怕长出思念

随便找个住处
随便在住处里看天花板
看得出神不让思绪飞向窗外
随便写日记
随便将记忆合上

而她们笑着来了
笑着　说去海边去泡茶
去听潮涨的响声
让岁月和海潮一起来
和帆一起来
和贝壳一起来
和赤着脚在潮水里踏浪
唱着歌的伙伴们一起来
并且　和童话一起来……

是的
真不愿跨出门外

门外是满月

门外是站满相思树的斜坡

和类似斜坡的歌吟　那时

有个女子走过

轻易将目光许诺给任何人

轻易猎获意境的黄昏

并让黄昏

谱为永恒的音乐之声

敲着门、敲着心扉

敲着岁月的牢笼……

真不愿目及那沙滩

怕长出痛苦

1985 年 11 月 17 日

就是那座山我不能忘记

就是那座山我不能忘记

五十年后当我老了而山依然青翠

我会选择一片山坳栖息

美丽的是山不是你

我们在时间的瞬间对视

从遥远地方走来时望山外那片云

听夜的梦魇　　然后

看看树影人影

看看闪电在雷声之前划过

我们还很年轻

寻找一个下雨的夜晚

后来水流开始从悬崖直下

从两座山上　　也许是泥石流

而你随着沉重的响声急切逃离山外

山黯然失色在黄昏

初冬的阳光里青草枯萎和那片呻吟一起

我这样对你说

我们离开那个布满星星的夜晚

寂静的中午　在别人背后

树还是五十年前的树

闪电仍在雷声之前划过

1989 年 8 月 15 日

相　会

一

水将茶杯注满

凝眸于我

热雾中

日将升月将坠

春天过了

开了花就告别

于是

慢慢将水喝完

凝眸于你

万水千山凝噎无语

望海如河

水　水　水又将茶杯注满

二

世界这么小

南方的冬天来不及一场雪花

你的心已盖满邮戳

通行千山万水

读你　背诵你

每一次浅笑都是无字的谜语

我能猜中

每一次沉默都是思想的凝固

我永恒的时间之河

在茶水和杯子之间流传

世界这么大

在一条纬线上

在纬线上一点

一座伊甸园

1985 年 9 月 12 日

何　方

有些许忧郁被目光隔着

有些许如钟声响起

时间在红绿灯中徜徉

迟疑于斑马线的河岸

恋情如笙歌响起

如无花的春天

如开在窗前的扶桑

任风吹雨打

婚姻却如舒缓的慢板

每夜每夜都游行于街头

游行于巷尾在静穆的窗帘后

风吹不动

每天的邮车都像每天的年轮

驶过　佳期不知在何方

1986 年

临街的窗

在你的凝望中

正是消暑时节

落叶铺向那条巷子

你永恒的思念

午后不再是碎花阳伞

秋天来了你知道吗

而骑楼下

她就这么在你的视线内

推一轮岁月的车子

柔声地吆喝着

每晚你都读她

临街的窗

为你打开一方世界的冷暖

你的太阳下鸽子欲飞

蝴蝶欲舞

腕上的时针

指不到约会的时刻

你走不出窗外

就这么永恒地凝望

骑楼下

一辆手推车

推向岁月的尽头

1985 年秋

临窗的窗

解放的太阳

踱步于你的窗帷

我的窗

是渴望暴雨的眼睛　渴望黑夜

渴望一种许诺

你的窗帷不揭

但是　你是谁

夏夜的构图要有暖色的召唤

半掩着兽物　半掩一块凸凹的山冈

青草青青　青草青青在阳台

一如飘扬的手帕　风衣

一如旗缨

触手可及的是一阵空气

日夜思念的是隔山隔海的春天

这样　只需抽烟喝茶

扭亮台灯　再

低低头

写写你　你的窗　你的窗帷

在窗和窗之间

只可耕耘

不要填补

美丽的山冈青草青青

1986 年

最温馨就在刹那间

还有一种声音在哪里徘徊
骑楼上面
滴水的屋檐

还有一种等待没有到来
长亭外　古道旁
你在唐代的长安

许多年又是许多年
雨水冲白了秦砖
你是否还想起淅沥的窗帘外面
最温馨就在刹那间

1991 年

雨 夜 花

雨夜花开在冷寂的风里

雨夜花让人轻轻呵护

你的眉呀眉　你的唇呀唇

我听到悠远的跫音若即若离

在灯火阑珊时忧郁

你冷吗

敲打你的雨，还有风

敲打你的心我的手

雨夜花　我是一件绿色的雨披

无语的雨夜花　冷冷的雨夜花

那夜风雨骤停时

你开在梦中？在夏夜呢喃？

啊，六月就要来临

天就要放晴

雨夜花

你让我永远在雨夜守望你？

雨夜花

我要把你种在我的阳台

一年又一年

结成果子

　　　　　　　　　　　　　　1993 年

夜的百合

当百合绽放双唇

夜已被眼帘深深遮上

如风的脚步，像雨的手势

猝然间雷鸣酣畅

夜在一片呼吸中沉落

只有百合还在轻轻翕动

散发馨香并洒下满屋的欢唱

1994 年 12 月 22 日深夜

花 非 花

在含笑花最灿烂的雨天
一座塑像凝固了
海滩　雨霁在双虹那端
像一朵蘑菇
被海边茶室里茶客的目光
频频采撷

花非花
雾非雾

今晚子夜大潮　我在小岛的远方
枕你的鸽子
有一个梦扑腾不出重重的窗帷
那天午后也是大雾
旅途是一条航道被浪花们点缀
前方一个爱人的手在召唤
召唤如声声汽笛
如迷蒙的港湾、岛屿隔着雾霭
如杜鹃　如扶桑
如木棉　如鱼尾葵
如挂在檐头的一串冰晶

在强烈的太阳光下慢慢滴落

入地　成相思的泪

花非花

雾非雾

只有让如雷鸣如电闪如迪斯科电子音乐

远远平息于我的面前

那时，在橘黄色的水域

我只想你

画你　并

将你

垒砌成一座航标灯

在水鸟们栖息的地方

一旁是磐石　一旁是沙渚

风里雨里　雨里雾里

你便成了你

而我的航船

则是你守望的一枚

相思树叶　因你的光芒

便永恒如它的名字

花非花

雾非雾

那么，你更应该是水

澎澎地激荡着你的律动

是寒流，是暖流

是潮　是汐　是旋涡

是亿万年来久久渴望着喷发的火山的喷发

爱人　我是一枚相思树叶

我死了便被埋葬于你的千顷波涛

爱人

你也应该是风

每天都来

都掀起我的窗帘　从窗台

蹑手蹑脚而下

舔舐我　梳理我

爱人　你应该是长风

是冲击波　摧毁航船

甚至旗杆

甚至城墙甚至新大陆

花非花

雾非雾

那天午后

一个女子灿烂地开着好看的笑靥

在我的旅途的前方闪现——爱人

山山水水

我的跋涉如许沉重　我是羿

爱人　我的太阳

我渴死了吗

重重地

被摔在码头上　我渴死了吗

爱人　当我伸出双手

伸出去　伸出去

一对洁白的鸽子

从我臂间

飞翔而出……

1986 年 5 月 2 日于病中稿

1986 年 5 月 4 日于病愈改

一只飞鸟失去天空

飞鸟说：给我流云和阳光

一

一只飞鸟从遥远地方飞来

衔泥衔草留下翅膀拍击气流的响声

风是蔚蓝色的波浪

云是梦的衣裳像一朵燃烧的伞

停在时空走廊在天地之间

飞鸟的影子如一支响箭向云霄射去

飞鸟拥有天空

飞鸟拥有自己的影子

飞鸟拥有穿越与飞翔的自由

飞鸟沐浴着阳光

飞鸟把梦停在时间里　凌晨或者夜阑

二

痛苦的降临如阴霾降临

阳光的消失如生命消失

天空破碎成一块弹洞的旌旗

望眼欲穿是昏眩的回首

泪在心里流淌

血在体外滴落

一只飞鸟怆然的嘶哑的啁啾

如一支竹笛断断续续

滑过空间　降临或者消失

孤独

并且压抑

压抑

并且苦闷

苦闷

并且失落

失落

并且惶恐

阳光、云朵、气流、梦魇、波浪、衣裳

触目可及只是昏暗的空间

伸手已触摸不到

任何物体

翅膀拍击是肢体的拍击没有幻想

远方没有回声

三

生活苍白得无法选择

像当初选择天空

幸福却没有快感痛感穿越感拍击感

没有恨

爱在嘴里　　不断咀嚼

飞鸟跌入草丛

跌入没有歌的年代

飞鸟筑巢于树

孵化鸟类的伙伴

飞鸟失去远方失去天空失去回声失去

四

逝去的如烟如云

淡出鸟来

轻轻抓住

却烟也不是云也不是

夕阳之下

独饮一回青春

一只飞鸟

飞出时间之外

1988 年

双 蝶 散

你们是走散的那一对
亲人，就像天上流云
不知何来，也不知去往
从云海的最深处
快速撒落

你们是比翼的蝴蝶
曾经飞上枝头
双宿同栖
而苦难来自你们
美丽得像风筝一样的
翅膀
它们
是否承载了太多的雪雨

如果不能
宁愿不被羽化
就站在地上，偶尔
望一眼天空
这应该是
更加坚实的形象

或者就成为一对
辛勤的蜜蜂，酿造着生活
比小确幸多一点
比远方近一点
浅斟低吟，比糖水甜一点

就算做一对蝼蚁也行啊
在城市的某个角落
在尘埃下面忙碌起来
即便是从杧果树上
掉下的花蕾
也成为自家院落
最灿烂的盛开
然后，你们蜿蜒于
灯火阑珊之外
自觉于世界的喧嚣之外
清新之外，浑浊之外

可是，你们的翅膀如此美丽
飞翔是你们生命的全部含义
比山坚定，比海辽阔
比信念更不容置疑

你们必须飞越彩虹

否则，草丛会阻滞你们的想象

你们会比萤火虫飞得更高

比燕雀飞得更远

比鸽子自由

比雄鹰勇敢

张开双翅，自在迎风

只是因为飞翔是你们的宿命

其实，更愿意看到你们嬉戏的姿势

流连在溪边曲水

在茶园葱茏的逶迤中

有时候，你们会停在窗楣上

互相倾诉

自己的美丽人生

应该靠泊在宁静、凝固的岁月之河

不管兰舟催发，渔歌唱晚

在我们不远的地方

欢快地追逐

并且，看我们如万千人世过客

随最后的鼓点

散场

双蝶飞

飞过云霓太匆忙

是我们消失在双蝶的视线里

还是你们飞散了一团思绪在天边

如是这雨季

你们在哪避雨

如是这荆棘

你们如何勇毅

飞翔，是没有回头的远行

与其徘徊于沟壑

不如直抵云天雾海

爱就爱得热烈

散就散得璀璨

2018 年 4 月 12 日

我掀开苍穹的窗帷，看到繁星

一

人有多种表达形式，诗歌只是其中一个出口。

诗歌也是青春的裂痕。我在想，如果没有这道裂痕，今天的我会是什么样子？实际上，这道裂痕在我走出校园以后若干年，或者说在我度过彷徨的那段青春期，它已经愈合了。

三十岁以后的七年，生活和工作，使我不再"诗意地栖息"，但现在实在想不出我是如何离开诗的。翻找旧作，发现这个时期还是有两首诗的痕迹，它们就像天空划过闪电，马上又归于沉寂。为何会有这种表达？它似乎与诗歌不大相干。

仿佛一条开阔的河流，它缓缓地流淌，没有曲折，偶尔泛着生活的涟漪。我不知道为什么，那段所谓富丽舒展的人生没有诗歌的位置。

2000 年 4 月的一个凌晨，在美国维吉尼亚州离华盛顿市区半个小时车程的地方，在暌违诗歌七年以后，我十分生硬地写下了一首诗；次日凌晨，又有了另一首《西窗》；半个月后，再写下《飞翔的鱼》，其中一段是这样：

儿子，爸爸在遥远的天空飞翔

没有翅膀，没有羽毛

爸爸是一条淡水鱼

——像你见过的那种

但遥远的天空都被海水淹没了

有时候，爸爸用双手拍打水面

呼或者吸

我现在还能清晰地记起写《西窗》和《飞翔的鱼》时的情景。这两首诗都是因思念儿子而作的。那时我孤身一人在美国工作，电子邮件还不普及，和家里联系，除了电话，多半还靠信件往来：

把所有的想法都浓缩成一缄信函

写了又改改了再写

让所有的鸟儿都学会思念

又经常在午后，期盼着邮车的到来。

诗就这么又悄然而至。但那两三年时间，我也就写了十来首——繁忙的工作使我没有时间静下心来；但更主要的原因，大约那条缓缓流淌的河流没有跌宕起伏成奔涌的江海或者巨瀑。

春光乍泄，戛然而止。

缪斯再次从我的生活中逃遁；但是，生活并不因此而困顿、干涩。那道裂痕没有再一次被撕开一个大大的缺口，日子就像上了一道漆，或是曾经流失的水土披上绿装，一切都如此美好。小河淌水，岁月如斯。

它像一只怪兽潜伏在我的伤口深处十余载。

直到 2015 年 9 月 4 日中午，我在安徽合肥郊县一个宾馆里为当天同学会晚会赶写朗诵诗《青春回程三十行》——我们小组要出一个诗朗诵的节目。诗的开头十分困难，我不知如何下笔。大学毕业三十年，许许多多的往事这时就像奔涌的江河，又像奔腾的马队，朝我而来。当我写到如下诗行时，眼泪夺眶而出，不能自已。

> 我们只是千万次偶然的聚合
>
> 然后四年，然后三十年
>
> 我们只是千万次必然的分别
>
> 然后想念，然后思念
>
> 我们只是千万次的追寻
>
> 然后相逢，然后重逢
>
> 我们只是千万次的出发啊
>
> 就像当年我们的第一次启航

那道破裂的伤痕仿佛流淌着青春的血液，它是痛苦的，它是新鲜的，它是愁肠千回百折。那只是一次痛快淋漓的情感的宣泄。其实，我一直很抵抗这只怪兽的到来，坦率而言我已经不需要它了。

二

诗的到来是一种偶然也是必然。如果没有这次同学会，诗

238

就不会伤我伤得这么深；如果没有这首《青春回程三十行》，诗歌的回归会以另一种方式吗？

大一的时候，我便加入厦门大学中文系"采贝诗社"，这是一个非常棒的学生文学社团，在全国高校中很有名气，在我进厦门大学之前，采贝诗社就因为一首诗的发表被批评界关注，引起一场小小的文学创作论争。

"投名状"是一首稚嫩的小诗，成了诗社一员，然后有一次接获通知参加欢送77级诗兄的活动，于是跟着他们从鲁迅纪念馆到上弦场一路合影留念。送走了77级，半年后又送走了78级。在这期间，我只是一个诗社"小工"，曾被78级一位诗兄派遣在午休时间到学生宿舍兜卖《采贝》诗刊。大二的时候，79级的朱碧森主持采贝诗社的工作。他入校前在福建诗坛就小有名气，采贝诗社与外界的一场创作论争，就因他的诗作《请不要爱我》而起。朱碧森是一位才华横溢的诗人，待人十分真诚、谦逊，那时候我成了他联络校办印刷厂的帮手，送稿、校对，当新的一期飘着油墨香味的《采贝》出刊时，我也见到了自己新的诗作成了铅字印刷。

那时，朦胧诗方兴未艾，与其说诗歌是一种创作形态，倒不如说诗歌是一种精神形态，包括对诗歌创作的态度，表达的方式。我在学习、尝试诗歌创作的过程中，也与采贝诗社的诗友一起参加了校园内外的诗歌活动——拜访住在鼓浪屿的舒婷、参加朗诵会、请蔡其矫签名，以及穿梭于大大小小的诗歌创作研讨会等等。

厦门偏于一隅。厦门大学采贝诗社与国内高校的校园诗社往来并不多，创作也几乎是孤立的。我对诗歌的"大量"阅读来自中学时代一本没有封面的厚厚的诗集，里面收录郭小川等一批在当时中国诗坛赫赫有名的诗人的诗歌，到大学以后，一次到图书馆借书，才知道那本诗集是《朗诵诗选》。大一，收到中学同学寄来的一本油印诗集，是"朦胧诗"——那是我集中阅读朦胧诗的开始。大学图书的海洋为我盛开一朵朵浪花，而我就像穿行于浪花之上的风帆，为苦闷而又热烈的青春讴歌。诗歌、美学、文论，我的精神开始栖息于此，一些抒情与思考从一开始就被阴郁所笼罩，深入内心越多，就越容易享受孤独。诗歌是心灵的自我倾诉，可能还有一种虚荣的自我感觉。如此，后来在一批台湾诗人作品那里又得到放大。我的大学毕业论文是评台湾诗人叶维廉的《秩序的生长》诗论集，我对他了解并不多，他也不是那一代台湾诗人中最出色的，比如像痖弦、郑愁予、余光中诸人；但是他的诗论吸引了我。那也是我成长的年代，因此有了对社会与未来的思考，而"秩序的生长"大约正契合我那时的思考，我一直无法排解"大学，我要走了"那种孤寂、无奈、不舍、彷徨、憧憬的复杂心情。

我应该受传统的诗歌美学影响更深。艾青、闻一多、郭沫若、徐志摩、戴望舒的作品是我早期较多涉猎、阅读的。大三选修俞兆平老师的闻一多美学研究课，使我十分想写他的毕业论文。俞老师也是采贝诗社的创社元老，他是非常有学养的正直的学者，那时他在闻一多研究领域已经很有名气，但由于我自己可能更"接近"生长的体验，最终放弃了在美学研究领域做艰难的跋涉。"诗人者，不失其赤子之心者也。"坦率而言，古典美学熏陶滋养了我的阅读心路，这从我大三时写的另一篇论文《毛泽东诗词的美学价值》中得到注解——我的论点落脚于毛泽东诗词的"豪放"与"婉约"。

今天想来，我羞于当时的浅陋。我是应该在文学评论或研究方面再多走几步的；但是，在"缪斯"引领下我把许多业余时间放在了诗歌创作与活动上了。大四的时候，我任社长的采贝诗社组织了两场校园诗歌朗诵会——"采贝诗会"与"青春诗会"。彼时，省内高校的校园诗社活动也日益活跃，由福建师范大学南方诗社等牵头，在团省委的指导下成立了"福建省大学生诗歌学会"，我欣然前往福州与会，其盛况一时无两……

> 你说你是季节我们是候鸟
>
> 你说你是江河我们是舟是永远的升帆
>
> 可是我没能赶上那次周末舞会
>
> 永远也赶不上了
>
> 《舞会的错落》
>
> 大学我要走了
>
> 我要告别你的舞台你的程式你的水袖
>
> 《凤凰的记忆》

三

列车甚至都载不动一片浪花，就驶出了鹭岛。

工作以后，诗歌依然伴我。彼时，早我一年毕业的厦门大学"采贝人"熊熊、柔刚等已活跃于福州诗界，1985年下半年周正平、练晓荣和我的到来，使我们这个小群体充满了生动活力。那时福州较知名的民间诗歌社团有野烟、星期五、白沙等，于是我们决定成立"新大陆诗社"——大约是受德沃夏克的《致新大陆》影响或启发，或也带着我们的一份理想吧——作为一个"方面军"加入了诗歌创作活动空前高涨的福州诗坛。

曾经有一段时间，福州鼓西路柔刚家的小阁楼成了我们几个诗友聚会的主要场所，参加者还有同年毕业于复旦大学的毕晴，他后来以巴客在诗坛闻名；再一年，王柏霜加入了。我们经常进行诗歌创作探讨、争论，参加诗歌活动，出版诗歌报。这样的"好时光"延续了两三年后大家渐渐散去，毕竟生活更加美好而重要，而中国文坛上强盛十年的诗歌潮已经滑落谷底。

其实，诗歌于我更像是一次情感的流放，经历过生离死别的青春，如同一面行军归来的旗帜，而投射到字里行间的情感、思想变得更加苍凉、沉郁，仿佛穿行于万山之间，在古老的森林中渴望一缕阳光，在集体无意识中张皇。

人们都以一种形式存在，诗歌也不例外。比如诗歌的语言、比兴、意象、节奏、韵律。诗歌当然不是简单的"图解"客观世像，也不是抽象的文字堆砌，把内心活动拧巴成"复杂"的不知所云，这是把诗歌置于尘埃之下虚无之上，是对诗歌也是对读者的不负责任。当诗歌完成了超乎其价值的功用，诗歌就变得十分正常，它在社会主流的边际、在生活的边上。但对于某个个体，它仍然可以发出伟大的力量，或貌似一种伟大的存在。

事实上，在我早期的诗歌创作中，我还从未发现这种诗歌的伟大之处，因此当我渐渐离开诗歌，我没有感到自己曾经失去什么重器宝剑；甚至以为自己只是始终站在诗歌边上而已。可能某一时段，我对自己的诗歌创作以及少数的诗歌作品过于在意，有时也在乎他人对我的诗歌作品的批评，仅此罢了。

千帆过尽，才发现人生这条河流是如此壮阔。

四

我枯坐一晚

想起许多

开满枝头的往事

以及，山坡上热烈如火的杜鹃

我不曾知道

她们开放的痛苦

是否也像落英，满地

《忽然秋天》

现在，即便有再多的疼痛，也不会大声喊出来了。诗歌的力量也在于它的隐忍，仄迫的激荡过后，登高处，意境全开。这个意境是多面向的，它不单指诗艺和诗意，更应该是情感与思想的指向。

我从这几年创作的诗歌中发现另一个自己，诚如朋友所言，这些诗歌所表达的东西包含有生命中对时间、空间的无奈、困惑，或对个别事物的感怀。诗评家朱必圣指出我的诗"简洁的形式传达出深刻的表达力"。未必"深刻"，但无论如何，这些文字比较清晰地表达了自己对生活和人生乃至生命的一个态度。

它是"诗生活"，就像诗人赵小波兄的微信公众号"诗生活"一样。这几年我的诗歌作品基本上都发表在这个网络平台以及诗人绿音在美国创办的《诗天空》双语网刊上。网络让包括诗歌在内的文学作品得以更广泛地流传，特别是微博、博客、微信等平台形式的大量运用，诗歌的发表简直太容易了。但另一方面，网络又使大量劣质文字泛滥。对于在网络上发表文字我是自律的，特别是在"诗生活"微信平台。

至今我还能记起一些诗歌写作的情景：比如《闽江组诗》是1984年初在从厦门往福州的火车上写的，车过南平，我被闽江两岸景色所吸引，竟弃同行的同学于不顾，铺纸创作；比如《强台风第十号》，是1985年秋天一次采访登陆福州的台风后而触发的……几乎从每一首诗中都能找到心路痕迹，这不在于以什么方式写作，也不在于它公开示人与否。诗歌的价值与其说取决于它的艺术魅力，毋宁说更在于它是否真诚地观照人生。

当然，诗歌这个文本是存在很大局限性的，我们不可能、也没必要让诗歌附丽更多的价值与意义。当它再一次从我的生活中归来，不必惊喜，也切勿自诩、自矜，诗歌去来，意义并不大。它是宽阔河流里的一朵浪花，它是海滩上的一枚贝壳，它是情人的一滴眼泪，它是秩序之树上的一片叶子。

诗人郑愁予在 20 世纪 70 年代回台湾做诗歌讲座，那时的盛况是"教室的大门每挤进去一个人，就有一个人从窗户被挤出去"。在 80 年代的中国大陆大学校园里，诗歌的盛景大约也是如此。那时，有多少男女青年在他们的婚礼上朗诵《致橡树》! 极其反讽的是，五年前我采访舒婷时，她却反问我："诗歌还有意义吗？"

当然，那种属于"现象"意义的诗歌似已难以找寻，但作为"现实"意义的诗歌又无处不在。当我们把诗歌仅仅作为自己肌肤的一个裂口、一处伤痕，把诗歌仅仅作为情感抒发的一个出口，它存在的意义不是更大吗？!

以我当下的心境，诗歌只是一次顺其自然。诗作时间跨度三十五载，前后诗风迥异，质量参差不齐；所庆幸的是诗作坚持的情感表达始终未变。但我还是十分希望诗歌不仅仅只是情感的一个"小切口"，但愿有一种诗歌它能够承载更壮丽的思想，以更加宏大的抒发而超越诗歌文本。

行文自此，想起 2017 年的第一首诗《无名渡》，仅有七行：

> 一定有个朴实的名字，只是早已忘记
> 送你到无名渡口，我们就此别过
>
> 那天的船像从弹弓飞出，我在岸上徘徊若无
>
> 一支江水从上游来，来自你笛声残处
> 你在江南，比江北萧瑟，我在江北牧鹅

就此别过了，我们就从无名渡别过

我忘记你是谁，什么归宿，什么来路

江山依旧，我们都只是在宽阔的江河上划过一道水痕而已，不知它的上游或者下游。

2019 年 6 月 1 日